KB121013

오늘은 또 무슨 헛소리를 써볼까

심너울 에세이

오늘은 또 무슨 헛소리를 써볼까

책상생활자의
최신유행 아포칼립스

위즈덤하우스

내 이름은 심너울.
달칵
달칵
데뷔 3년차 전업 SF 작가다.

목표는
달칵
달칵
전업 작가로 밥 안 굶고
월세 잘 내면서 살아가기.

직업이 된 소설 쓰기는
괴로움도 막대하지만
즐거운 일이다.
털썩
이번 소설
망하면
어떡하지?
…정말이다.
정말.

내가 만든 세상에
내 머릿속의
배우들을 올리는 건

매우 오타쿠적인
즐거움이 있다.
탁
타닥

그러나
이 즐거운 일에도
당혹스러운
부분은 있는데…

작가님, 이 작품의 염세주의는 체험에서 나온 건가요?
백수의 심리 묘사가 아주 리얼 하던데요.
나라는 별거 아닌 인간이 드러난다는 점이다.

그리고 가끔은 피할 수 없는 상황에 놓이기도 한다.
찍습니다~
팡
나는 어색하지 않다. 나는 어색하지 않…
매우 힘껏 웃는 중

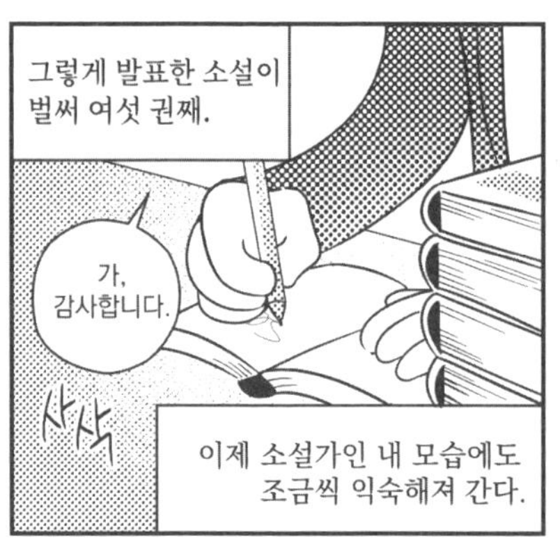
그렇게 발표한 소설이 벌써 여섯 권째.
가, 감사합니다.
사삭
이제 소설가인 내 모습에도 조금씩 익숙해져 간다.

당연한 말이지만 소설가 심너울은
이 책은 제가 예전에…
인간 심너울보다 정제된 생각을 한다.

작가님, 다음 소설도 기대돼요.
팬이에요!
감사합니다. 더 열심히 할게요.

게다가 더 상호작용 하고 싶은 유형인지도 모른다.
역시 소설 쓰기란 어렵지만 멋진 일이다.

그러던 어느날
소설가로서의
모습뿐만 아니라
다른 모습도 보여줄 수
있는 기회가 생겼다.
작가님의
삶과 생각을
담은 '에세이'를
내고 싶어요.
어떠세요?
K 편집자

에세이요?!!
분명히
재밌겠지만

내 궁핍한 개성과
나약한 교양이
만천하에…?
쑥덕
쑥덕

무를 새도
없이…
띠롱
계약…금이
들어와버렸다.

그리고 출판사에서
보낸 굴비도
홀랑 먹어버렸다…!

그렇게 쓰기
시작한 에세이.
타닥
탁

대학교 신입생이 되어
2012년에 서울에 올라와
지금까지
오~
서울 스멜~

월세 45만 원
에서부터
덜컹
덜컹
최대 60만 원에
이르는 집들을 거쳐

나를 지키기 위해
보낸 시간들에 대해서.
병들을
주렁주렁
달고 있군.

전업 작가로 살아가고자
설정한 최소 소득,
우둑
우둑
연 2500만 원을
달성하기 위해 고군분투하는
한 청년 소설가의 몸부림을.

무엇보다
즐거우면서
고통스러운
그럼…
내 글쓰기 라이프를.

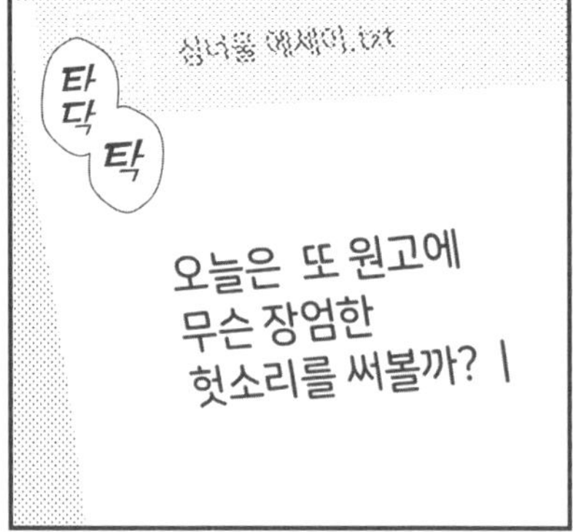
타
닥
탁
오늘은 또 원고에
무슨 장엄한
헛소리를 써볼까? |

프롤로그

2020년 6월에 소집해제가 코앞이었던 나는 두 번째 단편집 『나는 절대 저렇게 추하게 늙지 말아야지』를 막 출간한 상태였다. 그런데 이게 내 생각보다 잘나갔다. 알라딘에서 전체 베스트셀러 50위 안에도 들어보고, 리디북스에서 소설 베스트셀러 1위도 해보고. (물론 잘나갔다고 해도 1만 권도 채 못 팔았지만.) 그래도 신인 작가가 3쇄를 찍었다는 건 고무적인 성과였다. 곧 첫 단편집 『땡스 갓, 잇츠 프라이데이』도 3쇄를 찍었다. 여러 출판사들에서 이메일이 많이 날아왔다. 대부분 장편소설을 함께 하자는 내용이었다. 매우 장기적인 일정을 제시하는 곳도 많았다. 2021년에 쓰고 2022년에 출판을 목표로 한다든지.

내 일정에는 당장 추가적인 소설 기획을 밀어 넣을 틈이 없었다. 몇 년 단위로 계약을 맺어두고 싶지도 않았다. 물론 2020년에 출판사 한 다섯 곳과 미리 계약을 해두면 당장엔 계약금으로 풍족해질 수 있겠지만, 내년과 후년, 내후년에 내가 무얼 하고 있을지 도저히 짐작도 할 수 없었기 때문이었다. 2022년에 장편 한 개를 쓰기로 계약했는데, 2022년의 심너울이 작가 일의 압박감을 견디지 못하여 절필한 상황이라면? 나는 내 끈기를 잘 알고 있었기 때문에 대부분의 계약을 고사했다. 1년 뒤에 그 어떤 출판사에서도 연락이 오지 않아 당시의 선택을 뼈저리게 후회할 날이 올 수도 있겠지만….

그러던 와중에 위즈덤하우스의 C 팀장과 K 편집자에게 에세이집 제안을 받았다. 합정 메세나폴리스의 스타벅스에서 만난 K 편집자는 '트위터에 쓴 내용을 확장하면 좋을 것 같다'는 이야기를 했다. 나는 당시에도 지금처럼 트위터 없이는 도저히 살아갈 수가 없는 트위터 의존증 말기에 빠져 있었다.

대화를 끝내고, 공익 복무 중이던 대전으로 돌아오는 KTX 안에서 나는 (트위터를 보면서) 생각에 빠졌다. 나쁘지 않은 것 같았다. 소설을 쓰는 것은 즐겁지만 언제나 괴로운 일이었다. 허구의 세상과 인물을 만들고 그것을 독자들에게 설득력 있게 제시하는 일을 하다 보면 진이 쏙 빠졌다. 즐거움의 비중이 10%라면, 고통의 비중은 약 90% 정도? 하지만 에세이는 같은 세상을 공유하는 사람들에게 나라는 사람을 보여주기만 하면 되니 괴로움이 훨씬 덜할 것 같았다.

그리고 트위터에 올린 글을 확장한다는 생각도 좋았다. 트위터에서 리트윗이 1천 번 이상 된 글이라면 어느 정도 사람들에게 어필되었다는 것 아닌가? 트위터는 돈이 되지 않는 걸로 유명한 SNS라는 것도 생각이 났다. 지금 내 트위터 계정에는 6천 명 정도의 팔로워가 있는데, 만약 내 인스타그램 계정에 이 정도 팔로워가 있었다면 얄팍한 금전적 이득이라도 취할 수 있었을 것이다. 이렇게라도 돈을 뽑아내야지.

기획과 계약은 아주 부드럽게 진행되었다. 다행히 나는 그동안 하고 싶은 이야기들을 꽤 모아두었다. 현대 기술사회를 살아가며 느끼는 것, 마산에서 살던 지방 인간이 서울에서 월세를 내며 살다 느끼는 것, 오랫동안 앓아온 우울증과 불안, ADHD 이야기, 초짜 전업 작가로 살아가면서 느끼는 것, 추가로 내가 즐기는 것에 대한 오타쿠 이야기면 완벽하겠군! 이번에는 기필코 10만 부를 팔고 마포나 송파 중 어디에 아파트를 살지 고민해야겠어….° 나는 공익 생활을 7월에 끝내고 서울로 올라와 천천히 에세이를 쓰기 시작했다.

왜 세상에는 예상대로 되는 일이 하나도 없을까? 슬프게도 에세이를 쓰는 것은 소설을 쓰는 것만큼 고통스러웠다. 고통의 종류가 조금 다를 뿐이었다.

내가 드러나는 것이 부담스러웠다. 나는 내 자신이 노출되는 것을 싫어하지만은 않는 사람이다. 가끔은 주목받고 관심의 대상이 되고 싶다. 하긴 그렇지 않다면 작가라는 기대소득이 적은 직업을 할 이유가 없다. 그럼에도 내 생각을 가벼운 책 한 권 분량으로 줄줄 드러내는 것은 무시무시한 일이었다. 나는 쓰는 내내 걱정했고, 고뇌했다. 내 생각이 너무나도 얄팍하게 여겨지면 어떡하지? 내가 쓰는 글이 나도 모르는 사이에 내 편협한 자아를 적나라하게 전시하고 있으면 어떡하지? 그런 노출은 내가 자각하지도 못하는 틈에 일어날 텐데.

물론 소설에도 내 자아는 드러나지만, 그 속에서는 허구와 환상이라는 만능의 장막으로 나를 가릴 수 있다. 그리고 소설의 핵심은 작가의 매력이나 주제의식이 아니라 서사의 재미 그 자체에 있다(라고 나는 생각한다). 하지만 에세이는 화자인 내가 별 볼 일 없는 인간이면 멸망의 길을 걸을 수밖에 없다. 사실, 내 소설은 허구라는 무기를 휘두르면서도 그 깊이가 얕다는 뼈저린 비난을 많이 듣기도 했다. 아아, 나는 이렇게 또 나무들의 참화가 되는 것인가…. 그런데 대체 깊이란 무엇인가….

미루고 싶다는 생각을 많이 했다. 나이가 좀 더 들면, 더 많은 걸 경험하면, 뭐라도 읽고 쓰면서 좀 더 생각이 정리되면 에세이를 쓰고 싶다고 생각했다. 나는 여러 출판사들과 계약하고 계약금을 잔뜩 당긴 다음 섬나라로 잠적하는 꿈까지 꿀 정도로 불안했다. 다른 편집자에게 이 이야기를 했다가 "작가님, 내용증명 받아보신 적 없으시죠?"라는 질문을 받았다.

시간이 넉넉하다고 생각했지만 마감이 코앞으로 다가왔다. 시간이 가장 빠르게 흐를 때는 사랑하는 사람과 함께 시간을 보낼 때도 아니고, 열대의 섬에서 햇빛으로 피부를 그을릴 때도 아니며, 가장 좋아하는 소설책을 읽을 때도 아니다. 마감일이 발하는 중력은 시공간을 일그러뜨리고 시간을 가속한다.

어쨌든 계약서에 서명한 자는 내 인생을 파괴하고자 마음먹은 어떤 사악한 원수가 아니라 바로 심너울이었다. 10월까지 초고를 전부 써서 보내겠다고 호기롭게 외친 사람도 다른 이가 아닌 바로 심너울이었다. 위즈덤하우스에서 추석 선물로 보낸 굴비를 무랑 같이 맛있게 조려 먹은 사람도 바로 심너울이었다. 팬데믹 때문에 이제 섬나라로 도망칠 방법도 막힌 것 같고, 일단 쓰고 좀 더 뻔뻔해지는 것밖에는 방법이 없었다.

10년 뒤 36살이 됐을 때, 만약 내가 글을 계속 쓰고 있다면 훨씬 괜찮은 산문집을 낼 수 있을지도 모른다. 그때의 나는 인격적으로든 지적으로든 일정 수준의 도야를 이뤘을지도 모른다. 놀랍게도 '깊은' 글을 쓰고 있을지도 모른다. 하지만 그래도 지금 에세이를 쓰는 데 하나의 변호 정도는 가능할 거다. 지금 내가 쓰는 글은 26살에만 쓸 수 있는 글일 거라고.

내가 2020년에 느꼈던 모든 것은 시간이 지나면서 점점 흐려지고 추상화될 것이다. 그중 어떤 강렬한 느낌의 결은 오랫동안 살아남아 내 인격 속에 지지대가 되겠지만, 수많은 자잘한 결은 그것을 누렸던 것조차 기억할 수 없을 만큼 사라지겠지. 그 결은 내가 10년 뒤에 어떤 사람이 되든 결코 되살릴 수 없을 것이다. 나는 그것을 기록하고자 한다. 아직 어설프고 모자란 점이 있더라도. 미래에 분명히 후회할 것이 뻔할지라도.

어떻게든 얼굴에 티타늄을 깔고 있지만, 사실 내 안정에 더 도움이 되는 건 다른 사람들의 존재다. 내가 쓰고 있는 이 모든 내용들이 그대로 출판되는 것이 아니라 전문 편집자들의 손길을 거친다고 생각하면 그래도 안도할 수 있다. 휴.

°

예를 들면 도널드 트럼프가 내 책을 읽고 트위터에 인증하는 사건이 발생해서 내가 실제로 책을 10만 부 팔더라도 그 인세만으로는 해당 지역의 신축 아파트를 살 수 없다.

차례

오늘은 원고에 무슨 헛소리를 쓸까

오늘은 원고에 무슨 헛소리를 쓸까 018
순식간에 프로가 될 순 없다 026
인식의 한계를 넘어 030
'그녀'라는 대명사가 설명하는 것 034
열등감을 지우는 법 039
반짝반짝 작은 별 044
이야기의 최전선 048
2500만 원 054
두뇌를 이용한 외줄타기 059
무엇이 사람을 어른으로 만들까 065

일상생활자

돌아보기 078
물론, 나는 내 정신의 주인이 아니야 087
지방출신자, 서울거주자, 월세생활자 096
제복에서 권위를 제거하는 방법 104
그래도 역시 운동은 괴롭다 110
우주의 죽음을 미루는 방법 119
가족과 정치를 이야기하기 127
나의 가장 성스러운 수술 134
아이패드를 택시에 두고 내리다 140
확진자 밀접접촉 통보를 받고 나는 이걸 소재로 쓰자고 생각했다 144
나는 사람보다 넓은 방과 분리수거가 더 그리웠다 151
소라 껍데기를 찾아서 157

4차 산업혁명 시대를 살아가기

페이스북 가라사대 170

기계 주인님의 가르침 177

인간의 감가상각 186

몇 번 경주마에 거시겠어요? 189

튜링 테스트를 통과하는 비법 198

글쓰기 소프트웨어의 문제 203

21세기 신문고 210

젊은 오타쿠의 슬픔

베르베르의 『개미』와 그의 완성된 영혼 216

21세기를 사는 자라면 「힐다」를 보아야 한다 221

『반지의 제왕』에서 배운다: 수십 만의 유령 군대를 감화시킨 아라고른에게서 배우는 대인배 리더십 225

야구라는 이름의 불구덩이 230

나는 현실을 메이플 스토리로 배웠다 236

게임 발표회의 몽환 242

이제 떠나간 게임 매뉴얼들에게 247

SIM
13:03
오늘은 원고에
무슨 헛소리를 쓸까
@hut_sori_
123 팔로잉 4,567 팔로워
메인 트윗
심너울 @neoulneoul · 2020년 7월 30일
흑흑. 제 책이 4쇄를
찍었습니다. 이 영광을
○과 △과 X한테 바치
고…

오늘은 원고에 무슨 헛소리를 쓸까

나는 전업으로 소설을 쓰면서 먹고살고 있다. 그 외의 잡문도 주기적으로 쓰고 있긴 하지만. 2018년을 기점으로 생각지도 못한 삶의 루트를 타게 되었다. 그때까지만 해도 심리학과를 졸업한 뒤 먹고살 길을 찾아나서다 우연히 프로그래밍 일을 하고 있었는데.

소설을 쓰게 된 계기는 갑작스럽다. 2018년, 곽재식 작가에게 푹 빠져서 그의 책을 이것저것 찾아 읽다가 『항상 앞부분만 쓰다가 그만두는 당신을 위한 어떻게든 글쓰기』를 읽고 '어, 나도 한번 써볼 수 있겠는데?'라는 생각으로 소설을 쓰기 시작했더니 이게 직업이 되어버린 것이다. 삶은 생각지도 못한 변수 때문에 완전히 다른 방향으로 나아가곤 한다.

하긴 어릴 때부터 언젠가 작가가 될 수 있으면 좋겠다는, 꿈이라고 부르기도 힘든 아주 막연한 바람의 아지랑이 같은 것이 마음속에서 떠돌아다니고 있었으니 대뜸 그런 시도라도 해볼 수 있었을 것이다. 처음 책을 내고 인세를 받았을 때는 대단히 행복했다. 경제적으로 크게 안정적이지는 않아도, 이 일을 정말 좋아할 수 있을 거라는 생각을 했다.

적어도 내가 백지 공포증 문제를 체감하기 전까지는 말이다.

구상할 때는 정말 재미있다. 나는 보통 샤워를 하거나 잠자리에 누워서 구상하는데, 머릿속에서 수많은 생각들이 춤춘다. 집중이 생각과 생각 사이를 마음껏 튀어다니게 두다 보면 정말 괜찮아 보이는 생각이 들고, 나는 그 괜찮은 생각을 휴대폰에 기록해둔다. 이건 내 ADHD가 현실에 적응적으로 작용하는 경우라고 생각한다. (나는 학교에서 심리학을 공부했다. 기억나는 건 아예 없지만 그 분야에서 자주 쓰던 '적응적'이라는 단어는 말버릇이 되었다.)

그런데 그렇게 구상을 하고 나서, 글을 쓰고자 워드프로세서에서 새 문서를 만들면, 말 그대로 머릿속이 텅 비는 느낌이 든다. 머릿속에서 굴릴 때는 당장이라도 내게 휴고상을 가져올 것 같았던 이야기와 모든 독자들이 눈물을 줄줄 흘리며 감명할 주제의 에세이가 그렇게 하찮아 보일 수가 없다. 첫 문장을 무엇을 써야 할지 몇 시간을 고민하기도 한다. 그렇게 고민을 많이 하는데 정작 진전은 단 하나도 없으니 또 새로운 불안감이 든다. 그 불안이란 다음과 같은 식이다.

"이 원고는 2만 자 짜리인데 일주일 뒤가 마감이야. 그런데 나는 지금 20자를 쓰는 데 하루를 통째로 쓰고 있거든. 이렇게 풀가동하면 일주일 뒤에 140자를 쓰게 될 텐데…. 음… 내가 그때 140자를 썼다고 편집자님께 자랑스럽게 제시하면 어떻게 될까? 편집자님이 날 ○○할지도 몰라…. 아니, ××할 수도 있겠군. 둘 다 썩 즐거운 미래는 아냐…. 출판사에서 다시는 나를 찾지 않을지도 몰라…." 혹은, "첫 문장을 수십 번 다시 쓰고 있는데도 끔찍해. 나는 한국어를 할 줄 아는 게 맞을까? 어쩌면 내가 여태 써서 번 모든 돈은 플루크 아니었을까? 도대체 난 지금까지 소설을 어떻게 썼지? 내가 이제껏 이루었다고 생각하는 모든 것들이 비열한 거짓말 아닐까?"

가능하면 겸손하고 싶지만, 나는 확실하게 비범한 재능이 있다. 머릿속에 든 작은 불안의 씨앗을 소중하게 가꾸어 장대한 아름드리 불안의 나무로 키워내는 것. 가장 철저하고 효율적으로 멸망하는 경우의 수를 계산하는 것. 그에 대해서만큼은 전

세계에서도 상위권에 달하는 훌륭한 재능이 있다고 자신한다. 코앞에 있는 빈 화면에는 한 글자도 쓰지 못했는데, 머릿속에선 이미 심너울이 온갖 다채로운 방식으로 망하는 에픽하기 그지없는 이야기가 『반지의 제왕』 3부작에 버금가는 분량으로 쓰여 있다. 이 불안은 정신과 신체의 격벽을 뚫고 겉으로 드러나기도 하는데, 나는 이 불안 때문에 글을 쓰다가 갑자기 토악질을 한 적도 있었다.

나는 장편보다는 단편과 연작, 짧은 에세이를 더 선호하는 편이다. 읽는 데에서도 쓰는 데에서도. 이런 취향은 내가 가진 백지 공포증 경향을 더욱 비극적으로 만든다. 짧은 분량의 글을 여러 개 쓰면 당연히 백지와 마주쳐야 하는 횟수도 늘어난다. 장편을 쓸 때는 확실히 그 측면에서 부담이 덜했다. 그런데 나는 지금 단편 여러 개가 뭉친 연작 장편을 쓰고 있다. 덕분에 매 챕터마다 백지와 마주치며 진정한 고통을 맛보고 있다. 도대체 왜 나는 내 무덤을 스스로 파는 걸까?

다행히도 백지 공포가 선사하는 그 묵직한 감정은 흩어낼 수 있으며, 끔찍한 예측이 실현되지는 않는다. 한 문장, 한 문장씩 고통스럽게 쳐내다 보면 조금씩 그 불안과 공포가 줄어든다. 어느 순간부터 머리가 쌩쌩 돌아가고 글을 쓰는 속력 자체가 유의

미하게 늘어난다. 지금 이 글을 쓰면서도 첫 문단을 쓰는 데 한 시간 넘게 걸렸고, 그 이후로 여기까지 쓰는 데 30분이 걸렸다.

왜 이렇게 첫 문장을 쓰는 것이 힘든가? 그 이유는 첫 문장을 쓰는 순간이 글을 쓸 때 가장 자유로운 순간이기 때문이다. 글을 쓸 때, 앞에 써놓은 글들이 뒤에 나올 글의 가짓수를 제한한다. 그러니까 첫 문단에서 "나는 대마초 합법화를 지지한다"고 썼는데 다음 문단에서 갑자기 대마초가 인간 신체에 끼치는 악영향에 대해 쓰고 있다면 독자들은 곧바로 문제를 느낄 것이다. 문단이 쌓이고 쌓여, 글이 막바지에 다다를 때는 지금까지 써놓은 문단들이 이미 다 함께 모여 전개의 방향을 제시하고 있기 때문에 글이 가야 할 길이 뚜렷해진다.

소설도 마찬가지다. 소설의 초반에서 작가는 인물과 사건, 배경을 독자에게 소개하고, 중반쯤 되면 그 세 요소는 상당히 구체화되어 견고해진다. 후반부에 들어서서 갑자기 작가가 놀라운 자유를 발휘하여 인물의 성격을 별다른 사건 없이 완전히 들어 엎거나, 별다른 개연성이 없는 우연으로 이야기를 마무리하면 그건 게임의 규칙을 어기는 거다.

따라서 나는 글이란 장르를 가리지 않고 초반이 쓰기 어렵고 후반부로 갈수록 수월하게 쓸 수 있다고 생각한다. 이건 내가 만든 이야기도 아니고 많은 사람들이 주장하는 바다. 그러니 그 생각을 하면서 백지 공포증을 이겨내라는 거다. 합리적이라고 생각된다.

안타깝게도 사람은, 특히 나는 합리적인 존재가 아니다. 만약 세상의 모든 현인들이 제안하는 합리적인 해결책을 모든 사람들이 따랐다면 이 세상은 지극히 아름다웠을 것이다. 요즘은 아예 색다른 해결책을 받아들이고자 노력하고 있다. 그러니까 원고에 배설을 하자는 것이다. 형이상학적 배설을 뜻한다. 안 될 것 같다는 생각, 재미없을 것 같다는 생각, 괴로울 것 같다는 생각, 그 모든 것을 버리고 마음속에서 흘러나오는 대로 쓰고자 한다. 너무 고뇌하지 않고, 머릿속에 있는 모든 필터를 해제하고, 떠오르는 대로 마구마구 써내자는 것이다. 생각의 작은 편린이라도 주워서 한글이라는 기호로 표출하려고 노력한다. 타이핑하기 전에 고민하지 않는다. 뭐라도 펴 발라 놓으면 많은 글자가 주는 양감 때문에라도 추진력이 생긴다. 나중에 다 다시 고쳐야겠지만, 어쨌든 백지는 아니니까.

물론 이렇게 해도 행동 조절이 말처럼 쉽지만은 않다. 어쨌든 나는 감히 내가 범접할 수 없는 좋은 글들을 많이 읽으면서 자라왔고, 머릿속에 있는 필터의 기준을 아무리 낮추려고 해도 결코 양보할 수 없는 선은 있게 마련이다. 나는 이 선을 무력화하려고 노력하고 있다. 백지 앞에서 달달 떠느니 뭐라도 써야 한다. 물론 그렇게 해서 써낸 원고를 편집자가 받고 경악할 수도 있지만, 편집자도 마감 날에 아예 원고를 못 받는 것보다는 뭔가 수습이라도 해볼 수 있는 원고를 받는 걸 기뻐하지 않겠나 싶기도 하고. …그렇겠지?

자기검열에 대해서는 더 위안이 될 법한 말도 있다. 그 누구도 자기 작품을 타인의 시선으로 볼 수 없다. 내게는 지극히 당연해서 아무도 좋아하지 않을 것 같은 글의 흐름이 누군가에게는 신선한 자극이 될 수 있다. 내 생각에는 당장에라도 휴고상과 네뷸러상과 노벨문학상 등을 휩쓸어야 할 위대한 역작으로 보이는 내 작품이 어떤 독자에게는 가장 무의미한 나무 학살처럼 보일 수 있다. 후자가 더 많다면 그건 안타까운 일이지만 어쩔 수 없는 일이기도 하다.

어쩔 수 없는 것은 어쩔 수 없는 것이라고 생각하려고 한다. 내가 통제할 수 없는 것을 통제하려 들지 않으려고 한다. 또 지나치게 파국적으로 사고하지 않으려고 한다. 친구들이, 동료들이, 협업하는 사람들이 내 글을 읽고 괜찮다고 하면 그 말을 믿기로 마음먹었다. '사실 지나치게 별로인데 나와의 관계를 해치고 싶지 않아서 어떻게든 좋게 말을 해주는 것 아닐까?' 하는 생각을 물리치고자 한다.

이런 사고방식은 내 직관으로 만들어낸 것이 아니라, 내가 노력해서 억지로 쥐어짜낸 것이다. 자연적이지 않다. 이렇게 글을 쓰면서도 이 생각을 당연하게 여기지 못한다. 그럼에도, 나는 이 생각을 내 것으로 만들기 위해 집중을 유지하고자 한다. 백지를 볼 때마다 불안에 정신이 완전히 잠식되는 이 느낌을 영원히 안고 살다간 제 명에 가는 게 불가능하리라는 확신이 들기에. 그래서 요즘은 작업을 하기 전에 항상 내 자신에게 소리내서 묻는다.°

오늘은 원고에 무슨 헛소리를 쓸까?

°
이래서 카페 같은 공공장소에서 작업을 못 하는 것이다. 대사를 칠 때 연극적으로 읊으면서 치는 습관도 아주 큰 문제가 되고. 하지만 나만 이러는 것은 아니다. 꽤 많은 만화가들이 캐릭터의 얼굴을 그릴 때 그 표정을 짓는 것은 잘 알려진 사실이다. 방송국 근처의 카페에 가면 방송작가들이 다양한 표정을 지으면서 대사를 무음으로 따라하는 광경을 목격할 수 있다고 한다.

순식간에 프로가 될 순 없다

꽤 오랫동안 작가라고 불리는 것을 무서워했다. 내 책을 출판하고 북토크를 나가서도 '작가님'이라고 불리면 나는 몸을 비비 꼬았다. 나는 여전히 대학생 시절에 그대로 멈춰 있는데, 운이 좋아 책을 몇 권 낸 걸로 감히 불려서는 안 될 칭호를 참칭하는 것 같았다. 그 불안이 가장 심할 때는 신촌 거리에서 알몸이 되어 도망치는 악몽을 대단히 자주 꿨다.

나는 내가 프로답지 않다고 생각했다. 글쓰기와 그에 파생되는 일만으로 생계를 유지하고 있으면서도 내 행동과 업무 방식이 아마추어의 영역에 더 가깝게 느껴졌다. 프로 작가라고 하면 생활 양식이 업무에 완전히 맞춰져 돌아가야 할 것만 같았다. 나는 데뷔 이후 지금까지 모든 작업을 주먹구구로 진행해왔다. 내가 일을 주도적으로 진행한다기보다는 일이 내게 몰려와서 나를 휩쓸어가는 느낌이었고, 원고 작업을 한창 하면서도 내가 무얼 쓰고 있는지 모르는 게 일상다반사였다.

'프로'라는 단어에는 아우라가 있다. 어떤 일을 전문적으로 하면서 그걸 업으로 삼는 사람, 전문가. 우리는 공과 사를 칼같이 나누고 책임을 다하는 사람에게 프로답다고 말한다. 우리는 어이없는 실책을 하는 야구선수를 보면서 프로가 맞냐고 비난한다. 어떤 전자제품 회사의 프리미엄 라인업에는 프로라는 접미사가 붙는다(이건 나쁜 예일지도).° 나는 그 단어에 걸맞은 사람이 되고자 노력했다. 일에 감정적으로 휩쓸리지 않으면서도 능숙하게 대처할 수 있는 태도를 가진 사람. 자기 결과물에 대해 언제나 확신을 가지는 사람.

당연히 성공하지 못했다. 첫 책을 낸 지 이제 2년이 지났는데, 내 태도는 별반 바뀌지 않았다. 나는 쓰는 글마다 항상 격렬한 의문을 가졌다. 정말 사람들이 이걸 좋아할까? 내가 일을 잘하고 있는 것일까? 나 혼자만 이런 게 아니었다. 이제 나와 비슷하게 연차를 쌓고 있는 내 친구들도 모두 자기 일에 대해 의구심을 품고 있었다. 그 분야를 가리지 않고. 심지어 10년 넘게 같은 일을 해온 사람들도 하나같이 말했다. 아직도 일할 때마다 "으아악, 이게 뭐야. 어떡해! 이게 뭐야, 으아악!" 하고 눈사태에 쓸려가듯 휩쓸린다고.

이제는 그것이 일 자체의 속성이라고 생각한다. 일은 결국 타인의 돈을 가져오려고 하는 것인데, 수많은 변수가 따를 수밖에 없다. 또, 일은 수십 년 동안 매일같이 해야 하는 삶의 커다란 부분인데, 그 삶의 조각과 내가 오랫동안 맺은 관계를 갑자기 마음대로 뒤틀 수는 없는 것이었다. 프로라는 말에 그렇게 큰 아우라가 감도는 것은 프로답게 살아가는 것이 보통 사람들에게 너무나도 어렵기 때문에 그렇지 않나 싶기도 했다.

출판사에서 내 책을 가지고 비대면 북토크를 한 번 연 적이 있었다. 나는 오랜만에 긴장을 풀고, 작가라는 호칭에도 당황하지 않으면서 평소에 하던 생각을 평소에 쓰는 말투로 이야기했다. 북토크 영상을 처음부터 끝까지 본 친구가 웃으면서 말했다.

"심너울은 공과 사의 톤 앤 매너가 상당히 닮았네?"

핀잔일 수도 있지만 나는 그 한마디가 마음에 들었다. 작가로 일하는 내 모습과 바깥의 내 모습이 닮아간다는 것, 나는 그 말을 내가 일과 융화하고 있다는 뜻으로 받아들였다. 그게 설령 프로다운 모습이 아니더라도 말이다.

∘

프리미엄 전자제품에 '프로'라는 이름을 붙이는 마케팅은 이제 정말 수명이 다한 것 같다. 프로 다음은 무엇이 좋을까? 마스터? 하지만 마스터는 석사를 암시하여, 조금 불길하기도 하다.

인식의 한계를 넘어

안전가옥에서 출판한 단편집 『땡스 갓, 잇츠 프라이데이』의 첫 번째 작품 「정적」은 내가 가장 처음 쓴 소설이다. 이 단편은 서울의 마포구와 서대문구가 갑작스러운 '정적 현상'이라는 재앙에 빠지는 것으로 시작된다. '정적 현상'은 그 행정 구역의 경계 안으로 들어가면 아무 소리도 들리지 않고, 나오면 소리가 들리는 기이한 현상을 일컫는다. 이 기이한 현상 속에서 그 경계 사이에 있는 신촌의 대학에 다니던 '나'는 조용해진 신촌에서 답답한 하루하루를 보낸다. 텅 빈 신촌 거리를 걷던 나는 어쩌다 보니 사람이 꽤 있는 카페를 찾게 되는데, 그곳은 농인들의 비영리 재단 카페였다. 커피 장사도 하고 수어 클래스도 하는.

거기서 '나'는 비장애인에게는 이 정적이 그저 재난의 장이었을 뿐이지만, 누군가에게는 안식이 될 수 있다는 것을 깨닫는다.

많은 작가들이 처음 쓰는 소설이 으레 그렇듯, 이 또한 자전적인 소설이었다. 주인공은 사실상 대학생 시절의 나 자신이었고, 마포구와 서대문구라는 위치를 택한 이유는 신촌이 그 두 구의 경계에 애매하게 끼어 있기 때문이었다. 당시에 나는 15년 정도 미뤄온 도덕성과 사회성의 발달 단계를 마침내 밟고 있었다. 세상에는 내가 생각지도 못하는 혐오의 대상이 되는 사람이 실존한다든가, 내가 무심코 하던 말과 행동들이 설령 내가 의도치 않았더라도 다른 사람들에게 혐오로 받아들여질 수 있다든가 하는 생각이 들기 시작한 것이다. 그러한 생각들 때문에 첫 소설은 소수자를 소재로 썼던 것 같고.

처음 소설을 발표했을 때는 사람들의 반응도 좋았고, 적당히 재밌으면서도 뭔가 시의성이 있는 글을 썼다고 생각해서 스스로도 만족스러웠다. 처음에는 우습게도 자부심도 많이 느꼈다. 그리고 몇 개월 정도 시간이 지나면서 그 자부심만큼 커다란 민망함과 후회를 느끼게 되었다.

글 속 곳곳에 끼어들어 있는 시혜적인 면모를 인식하게 되면서 말이다. 그러니까 예를 들면 청인인 주인공이 수어를 배우려고 할 때 농인인 주인공이 고맙다고 하는 장면이라든가. 왜 그게 고마운데? 대체 왜 나는 그게 괜찮은 대화라고 생각했을까? 물론 한 소설에 나오는 모든 문장이 작가의 생각을 그대로 드러내는 건 아니고, 고맙다는 말 또한 맥락에 따라 다르게 받아들여질 수 있다. 하지만 지금 내 눈에 그 맥락은 청인이 농인에게 수어를 배움으로써 무언가를 베푼다는 것처럼 보인다.

출간 이후에 수정을 해보려 하지 않은 것도 아니다. 그런데 고치면 고칠수록 내용이 찌그러졌다. 내가 과거에 했던 반짝이던 생각들마저 동시에 망가졌다. 그 내용은 2018년의 내 세계관과 가치관에 맞춰 쓰였고, 2020년의 내가 어떻게 손댈 수 있는 것이 아니었다.

내가 지금까지 쓰고 발표한 모든 소설들은 멸망의 기념비였다. 보고 있자면 어깨가 으쓱거리고 분명히 찬란한 면모도 있지만, 그 소설을 쓰던 순간의 부족함도 그대로 드러난다는 점에서. °

그 이후로, 타인들의 이야기를 쓰는 것에 대해 생각이 많아졌다. 무슨 짓을 해도 내가 느끼고 살아가는 세상은 나 혼자만의 것이다. 수많은 경험의 방식이 있지만 결국 모든 건 간접적이다. 나는 아예 내가 만나보지도 못한 사람들의 이야기를 쓸 때

기이한 죄책감이 마음속에서 솟구친다. 타인의 삶, 그 수많은 사건과 생각이 겹치고 겹쳐서 쌓인 세계관을 내가 납작하게 해석해서 쓴다는 것 자체가 커다란 죄를 짓고 있는 것만 같다. 그렇다고 내 좁은 세상 속에서 나랑 똑같은 인물들만이 돌아다니고 있는 걸 쓴다면 그건 이야기 비슷한 꼴도 아닐 것이다.

나는 여전히 고민한다. 어떻게 인식의 한계를 넘어, 내 세상의 바깥에 있는 사람들을 인물로 쓸 수 있을까? 누구도 상처받지 않으면서 재미까지 있는 완벽한 이야기를 쓸 수 있을 거라는 꿈은 꾸지 않는다. 그건 작법이 아니라 마법의 영역에 있는 일이다. 하지만 내 고민이 유의미한 성과를 조금이라도 달성하기를 간절히 바란다. 그러면 나는 이 일에서 약간이나마 성취를 이뤘다고 생각할 수 있지 않을까.

°

이 일의 가장 무서운 점은 역시 내가 한 생각이 활자로 기록되고 저장된다는 것이다. 그렇게 많지도 않은데 벌써 출판된 걸 다 싹싹 모아 불태워버리고 싶은 책도 있다. 나무를 파괴한 데다 구업까지 지었으니, 저승문에서 높은 점수는 못 받으려나.

'그녀'라는 대명사가 설명하는 것

'그'는 주로 남자를 가리킬 때 사용되지만, 본래는 성별을 가리지 않고 사용되는 대명사였다. 그녀는 영어의 'She'나 일본어의 'かのじょ'를 번역하기 위해 개발된 단어다. 우리는 일상생활에서 이야기할 때 '그'라는 단어를 사용하지만 '그녀'라는 단어는 결코 쓰지 않는다. 혹시 누군가를 가리킬 때 그 사람이 여자라는 것을 분명히 밝혀야 할 필요가 있으면 '그 여자'라고 부르겠지. 보통은 '걔'나 '그 사람'을 쓸 테고.

나는 2019년부터 소설에 그녀라는 단어를 쓰지 않기 시작했다. 처음에는 어색함 때문이었다. 사실 일상적인 한국어 회화에서는 '그'라는 인칭대명사도 잘 쓰이지 않는데, '그녀'라는 아예 안 쓰이는 대명사를 굳이 글에 집어넣고 싶지 않았다. 더해서 그녀의 조어 방식 자체가 마음에 안 들었다. '그'라는 기본형 뒤에 '녀(女)'가 붙어 있는 것 아닌가. 그리고 인물의 성별을 굳이 대명사로 부각시키지 않음으로써 서술 자체에서 재미있는 효과를 볼 수 있으리라고 생각했다. 예를 들면 작중에서 흔히 남성적이라고 생각되는 행동을 하는 인물이 여성으로 나오면 재미있을 것 같다는 식으로.

결과는 내가 전혀 생각지도 못한 방향으로 나왔다. 독자들은 뭉뚱그린 대명사를 보고 인물의 성별을 짐작하기 시작했다. 나름대로 성별을 추론해낼 수 있는 장치들을 몇 개 삽입했다고 해도, 독자들이 생각하는 인물의 성별은 지배적으로 한쪽에 쏠리지 않았다. 독자들은 대부분의 인물들을 자기 성별로 생각하는 편이었다. 성별이 명확하게 특정되지 않은 인물의 비중이 높을수록 그 인물을 남성으로 생각하는 사람들이 많아졌다.

나는 그 경험을 하기 전까지는 소설을 통해 작가와 독자가 소통할 수 있다는 말을 믿지 않았다. 역시 좀 거창하게 의미 부여를 하기 좋아하는 사람들이 지어낸 말 아닐까 하고 생각했다. 하지만 나는 얼굴도 모르는 독자들의 반응 덕에 내 머릿속에 들어 있는 젠더 스테레오타입에 대해 재고할 기회를 얻었다. 내가 얼마나 사람의 기본형을 남성으로 간주하고 있는지 깨닫고 좀 당혹했다. 인물들의 성별을 딱히 지정해주지 않아도 별문제가 없다는 것을 분명히 느꼈다. 독자들의 정신은 충분히 유연했기에, 성별 정도의 세부사항은 없어도 상상을 구축하는 데 아무 문제가 없었다. 다른 사람들이 내 글을 읽고 상상했을 세계의 모습을 내가 본래 떠올렸던 세계와 비교하는 건 각별히 즐거웠다.

실험을 좀 더 확장해보았다. 나는 소설을 쓰기 전에 장면 구성과 인물을 미리 짜놓고 돌입하는 편인데, 이제 인물을 짤 때 성별을 아예 지정하지 않았다. 어떤 소재를 다루든 인물의 성별을 반드시 지정해두어야 하는 경우는 극히 드물었다. 나는 소설을 다 쓴 다음 성별을 완전히 무작위로 지정했다. 파이썬 랜덤 모듈의 도움을 받았다. 의사난수의 신이 내 작품에 거한 것이다.

그 결과로 『나는 절대 저렇게 추하게 늙지 말아야지』에 실린 단편 「감정을 감정하기」의 주인공 예슬은 조연 소정과 레즈비언 커플이 되었다. 나는 성애적 관계를 묘사하는 걸 상당히 거북스러워하지만 이성애자 커플은 이전에 몇 번 쓴 적이 있었다. 그런데 레즈비언 커플은 내가 당사자성을 전혀 갖추지 못한 관계였다. 나는 의사난수의 신을 거역하고 이성애자 커플로 바꿀

까 며칠을 고민하다 그냥 냈다.

다행스럽게도 반응은 나쁘지 않았다. 사람들은 내가 묘사한 예슬과 소정의 관계가 핍진하지 못하다고 비난하지 않았다. 본래 성별을 간주하지 않고 썼기 때문에 둘의 관계는 흔히 '보통'에 가깝다고 여겨지는 낭만적 관계의 양상을 거의 그대로 따랐는데, 사람들은 동성애 관계가 어떤 특별한 점 없이 무덤덤하게 묘사되는 것이 마음에 든다고 했다. 「감정을 감정하기」는 50년 후의 미래를 다루고 있었고, 사람들은 그 묘사가 미래적이라고 했다. 그때 나는 겨우 한숨을 돌릴 수 있었다.

이제 나는 꽤 안심하고 이 방법을 활용하고 있지만, 이 방법론도 당연히 완전하지 않다. 이렇게 디테일을 뭉개는 전략은 편견을 분쇄하는 데는 유용하지만 역시 어떤 정체성만 가질 수 있는 특수한 삶의 모양을 묘사할 수 없다는 문제가 있다. 나는 미래 배경을 다룸으로써 이 문제를 어느 정도 피해가고 있기는 하지만 언제까지 회피만 하면서 쓸 수는 없을 것 같다.

'그녀'의 사용도 마찬가지다. '그녀'를 쓰는 것이 반드시 나쁜 일이라고 생각하지 않는다. 어떤 맥락 속에서 그녀는 상당히 전복적인 의미를 띨 수 있다. 예를 들면 오직 남성만이 종사한다고 생각되는 직업을 가진 등장인물이 여성이라면 거기서 사용되는 대명사 '그녀'에는 분명한 의미가 있을 것이다. 앤 레키의 「라드츠 제국 시리즈」에서는 모든 대명사가 '그' 대신 '그녀'만 사용된다.

무엇이 완벽하게 올바른 방법인지는 모르겠다. 아니, 완벽하게 올바른 방법이라는 게 실제로 존재하긴 하는지 의심스럽다. 하지만 이런 시도들이 모여서 어떤 이상을 가리키기는 한다고 믿는다. 그 즐거운 추구가 나를 조금이나마 더 성장하게 만든다고도 믿는다.

열등감을 지우는 법

일을 시작한 이후로 나는 이전처럼 이야기를 단순히 즐길 수만은 없게 되었다. 나는 질투한다. 문장을 잘 쓰는 사람을. 읽으면서 잠시도 긴장을 놓을 수 없는 이야기를 짜는 사람을. 기가 막힌 대사를 쓰는 사람을. 당장 살아 숨 쉬고 있는 것 같은 인물을 창조하는 사람을. 나와 가까운 사람들이 쓰는 이야기가 너무나 재미있을 때에도 그들을 질투한다. 최근에는 넷플릭스의 가장 영광스러운 애니메이션인 「힐다」를 보고 솟구치는 기쁨과 무한한 고통에 몸부림쳤다.

어떻게 열등감에서 해방된 삶을 살 수 있나? 어떻게 타인의 빛나는 재능과 내 하찮은 재능을 비교하지 않을 수가 있나? 모르핀을 투약해서 현실 지각을 아예 끊어버리는 것 정도 말고는 아무것도 생각나지 않는다.

나는 세상의 무한한 이야기들 중에 내가 쓸 수 있는 것은 극도로 한정적이라는 사실을 잘 알고 있다. 좋아하지만 복제할 수 없는 스타일이 있다는 것도 알고 있다. 어쩌면 누군가 나를 부러워한다고 한들 내 스타일을 따라할 수 없을 거라는 사실도 안다. 하지만 질투의 고통은 이성적으로 어떻게 조절할 수 있는 게 아닌가 보다.

아니다, 좀 더 솔직해지자. 작품의 스타일에 저울질을 할 수는 없지만, 그 수준에 상대적 차이는 분명히 존재한다. 세상에는 나보다 이 일을 잘하는 사람들이 너무나 많다. 심지어 나는 내가 태어나기도 전에 죽은 사람들과도 경쟁해야 한다. 나보다 잘 쓰거나 잘 썼던 사람들이 이렇게 많은 상황에서, 사람들의 자원이 한정되어 있는 와중에, 내 이야기가 조금이나마 팔려나간다는 사실이 내게는 상당히 기이하게 느껴진다.

그래도 한때는 내 수준이 계속 올라가다 보면 마음의 평안을 찾을 수 있지 않을까 생각했다. 그런데 내가 깨달은 것은 훨씬 더 가슴 아픈 현실이었다.

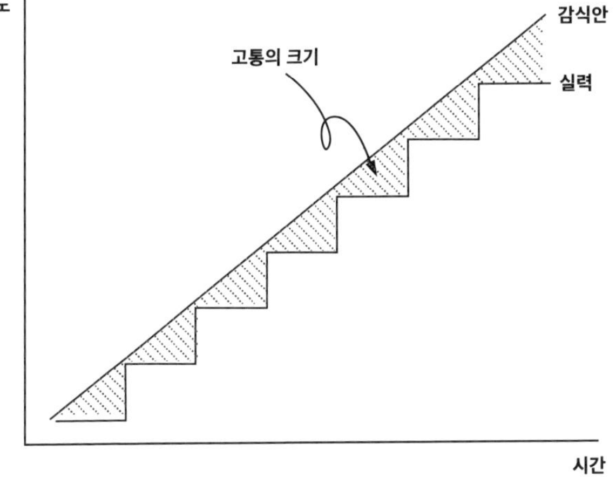

시간이 갈수록 실력만 오르는 게 아니라 작품을 즐기는 식견, 감식안도 성장한다. 그 성장의 방식은 판이하게 다르다. 감식안은 전문적인 선에 도달하기 전까지는 연속적으로 꾸준히 상승하는 듯하다. 반면에 실력은 불연속적인 계단형 그래프를 그리면서 늘어나는 것처럼 느껴진다. 도저히 넘어설 수 없는 벽 앞에서 온갖 고뇌를 곱씹다 보면 갑자기 그 벽이 허물어지는 순간이, 5년에 한 번쯤은 오는 것 같기도 하다.

그리고 감식안과 실력의 차이, 그 면적이 오롯한 질투와 고통으로 화한다. 나는 정말 훌륭한 작품들을 즐길 수 있는데, 정작 그 작품을 만들어낼 능력은 없어! 물론 감식안은 항상 실력보다 더 높은 선을 유지하기 때문에 고통이 발생하지 않는 순간은 없다. 박완서나 보르헤스처럼 2~3세기에 한 명 나올 법한 인물이면 모를까. 물론 나는 세 시간에 한 명 정도 나오는 수준의 인물이고.

생각해보니 실력이 꾸준히 상승한다는 가정도 매우 비현실적인 것 같다. 퇴보하지만 않으면 다행인 경우도 비일비재하다. 자신한테 맞지 않는 스타일로 전환하려다 원래 유지하던 멋진 스타일도 까먹고 전환하려는 스타일도 망해버리는 경우라든지. 오랜 세월 동안 쌓아온 밑천(경험이나 지식, 소재 따위)이 바닥나서 생기는 소포모어 징크스는 어찌나 흔한지 이제 그 현상을 지칭하는 이름도 생겼다. 그냥 아무 이유 없이 갑자기 폼이 줄어드는 사람도 너무 많아서 '갑자기 폼이 줄어든 예술가 클럽'을 만들어도 될 법하다.

그러니 어쩌겠나? 내가 모자라서 생기는 질투의 고통에는 약도 없다. 할 수 있는 건 그 고통에 지나치게 빠져들어서 추해지지 않도록 정신줄을 붙잡고 있는 것뿐이다. 고통은 통제할 수 없지만, SNS에 익명으로 ID를 만들어서 질투하는 작가를 씹고 다닌다든지° 하면서 안 그래도 희소한 품격의 바닥까지 뚫어버리는 행위를 하지 않는 것 정도는 내가 통제할 수 있으니.

°

관련이 없는 일반인에게는 조금 당혹스러울 수 있지만, 익명으로 ID를 만들어서 작가를 조직적으로 욕하고 심신에 피해를 입히려는 사람이 한둘이 아니다. 실제로 작가의 자살을 적극적으로 유도하는 사람들도 있다. 세상의 악의는 끝이 없다.

반짝반짝 작은 별

세무사에서부터 성형외과까지, 배달 식당에서부터 전기 파리채까지 모든 것에 다섯 개의 별점이 매겨지는 시대다. 책도 마찬가지다. 내 책은 알라딘과 YES24와 교보문고와 영풍문고와 반디앤루니스와 인터파크와 리디북스와 밀리의 서재 등등의 인터넷 서점과 네이버 블로그나 다음 서적이나 왓챠플레이 등등의 리뷰 플랫폼에서 다섯 개의 잔혹한 별로 평가되고 있다.

나는 결코 다른 몇몇 작가들처럼 세상의 평가에 신경을 끄고 은둔자로 살면서 작품 세계에만 집중하며 살 수 없는 인간이다. 나아가 보통 사람들보다 훨씬 심하게 타인의 평가에 휘둘리는 사람이고, 돈만큼은 아닐지라도 명예에 대한 욕망이 있다. 명예

보다는 관심이라는 말이 더 정확할 것 같다. 내가 글을 처음으로 쓰기 시작한 이유는 금전적인 보상보다는 사람들의 관심을 끌고 싶다는 강력한 욕망 때문이었다.

그리고 나 또한 작품들에 세밀한 별점 평가를 내리는 것을 좋아했다. 어떤 작품에 5점을 줘야 하고 어떤 작품에 4.5점을 줘야 하는지 몇 시간 동안 고민하기도 했다. 그것은 무언가를 평가하고 줄 세우고 싶다는 내 마음속의 한국교육과정평가원적 욕망을 만족시켰다. 왓챠플레이에 내가 지금까지 봐온 작품들이 별점순으로 나열되어 있는 걸 보면 뿌듯했다.

한때 내 신간의 별점을 소수점 자리까지 정확히 기억했다. 내 친구 심완선은 내 책이 그의 책보다 별점이 0.2점 높을 때 "그래, 천재 작가라고 불러줄게요"라고 말했다. 며칠 뒤에 내 책의 점수는 0.2점 떨어져 있었고 그는 그걸 보고 다시 말했다.

"(깔깔 웃으며) 그래도 천재 작가라고 불러줄게요."

흠.

그런데 별점 때문에 에고 서치, 그러니까 내 이름이나 나와 관련된 것을 매일 검색하다 보니 정신이 피폐해졌다. 가끔 0.5점을 받고 신랄한 비난을 들으면 하루 종일 일이 손에 잡히지 않았다. 원래 인생의 달콤한 경험 열 개보다 쓰디쓴 경험 한 개가 훨씬 기억에 오래 남는 법. 그리고 작품이 출간되고 얼마 지나지 않았는데 나쁜 별점을 받으면 얼굴에서 확 티가 나고, 그건 심혈관계에 치명적이었다.

그런 고통들 속에서 나는 별점을 확인하지 않게 되었다. 나름대로의 방어기제를 발달시켰는데, 뭐 이런 것이다.

"세상의 수많은 작품들을 0.5점부터 5점까지 10단계로 세분화하여 평가하는 것은 불가능해! 인지의 기본이 되는 감각과 지각조차 그다지 정밀하지 않고 쉽게 지치는데, 어떻게 복잡한 작품의 독해까지 10단계로 나눌 수 있겠어! 수능 성적 매기듯 별점을 매길 수 있겠어! 그건 모두 환상이야!"

물론 나는 개인의 별점 기준은 그닥 객관적이지 않을 수 있어도, 충분히 많은 수의 표본이 쌓이면 그건 나름대로 자료가 될 수 있다는 것을 의도적으로 무시했다는 사실을 알고 있다. 지금은 굳이 수치 지표에 노출되어서 고통받을 필요가 없다고 생각할 뿐이다. 나쁜 별점에 고스란히 노출돼봤자 그걸 딛고 확 나아질 수는 없다고 본다. 나쁜 별점이 주는 건 그냥 내 글이 재미없거나 대중성이 낮다는 정보 정도일 뿐이다. 정확히 뭐가 문제인지 알 수 없다면 거기서 내가 할 수 있는 건 절망 빼고는 없다. 별점은 생산자보다는 소비자들을 위한 정보인 것이다.

°

비슷한 내용의 칼럼을 한국일보에도 올렸다. 그 칼럼은 다음과 같이 끝난다. "하긴, 이런 별점 평가는 창작자만 겪는 문제가 결코 아니다. 우리는 이미 꽤 오래전부터 출장 AS 기사들과 콜센터 상담사들의 별점을 매겼고, 그 진상의 역사는 유구했다. 배달 음식 업소들의 리뷰난에 같잖은 푸념들이 올라오는 것도 일상적이다. 나쁜 것은 끝없이 퍼져나가는 게 우리 사는 세상의 법칙인가 보다."

이야기의 최전선

난생처음 소설을 팔던 날, 통장에 입금된 금액을 보면서 나는 고뇌에 빠졌다. '아니, 이 돈으로 대체 뭐 어떻게 먹고살지? 최저임금의 절반도 못 벌 것 같은데? 다른 작가들은 대체 어떻게 먹고사는 거야?' 나의 작업량과 인세를 가지고 몇 분 동안 계산해본 결과, 정답은 간단하고 명료했다.

월세 내면 20만 원 남는데 이 돈으로 뭐 먹고사나? ➜ 못 먹고산다.

그래도 사람이 죽으란 법은 없는데, 출판만으로도 어떻게 솟아날 구멍은 있겠지? ➜ 없다.

책의 인세율은 정가의 10%가 시쳇말로 '국룰'이다. 적당한 두께의 소설책 한 권이 15,000원이라고 치면, 책 한 권이 팔릴 때마다 1,500원이 통장에 들어오는 것이다. 내가 책을 한 권 쓰는 데 최소 4개월은 걸리니, 3천 권을 팔 수 있다고 치면 4개월에 450만 원을 버는 것이다. 매우 이상적인 가정이다. 다른 사람들이 딱히 공감할 수 없는 예술가적 고뇌가 들이닥쳐 훨씬 더 많은 시간이 걸릴 수도 있고, 3천 권을 못 팔 확률도 상당히 높다. 절대다수의 소설책이 1쇄를 다 처분하지 못한다. 그렇다면 작가는 착취당하고 출판사는 넉넉한가? 출판사는 작가가 받는 비율의 3~4배를 가져가는 걸로 알고 있다. 물론 책은 공허 속에서 무를 재료로 하여 빚어지지 않으니, 그 돈으로 인건비와 마케팅과 제책 비용을 비롯해 수많은 부대비용들을 지불해야 한다. 나는 아직도 출판사들이 대체 어떻게 먹고사는지 모르겠다. 위의 논리를 그대로 따르면 되는 것일까?

바닥에 죽치고 앉아 독서 문화의 침체를 한탄할 수도 있을 것이다. 하지만 솔직히 말하자면, 내게는 요즘처럼 콘텐츠가 넘쳐흐르는 시대에 1만 권 넘게 팔리는 소설책이 드문드문 나타난다는 것 자체가 신비로운 일로 느껴진다. 비탄할 바에야 밥상에 부추겉절이 한 첩이라도 더 올릴 궁리를 하는 게 나아 보인다.

강연 같은 외부 활동에서 오는 소중한 수익을 이야기할 수도 있겠지만, 내가 여기서 하고 싶은 이야기는 2차 판권이다. 소설은 영상이든 웹툰이든 생각 가능한 모든 서사 예술의 형태로 전환할 수 있으며, 다른 업계들은 출판업계와는 비교도 불가능한 규모를 자랑한다. 2차 판권을 판매하면 인세에서 오는 고통은 인내할 수 있을 정도의 괜찮은 수익을 얻을 수 있다.

그렇다면 어떻게 2차 판권을 판매할 수 있을까? 역시 화제성이 최우선이겠지. 당연히 잘 팔리고 재미있는 소설이 다른 업계의 눈에 먼저 들어오겠지. 하지만 그래도 그 자체로는 그렇게 파급력이 없지만 각색되어 잘나가는 이야기도 분명 존재한다. 그런 황금같은 기회는 어떻게 얻을까? 매일 몸을 경건히 하고 열 번씩 특정한 구문을 외면 하늘도 감읍하여 영화사에서 연락을 할까? 운은 통제할 수 없지만, 2차 판권 판매에 좀 더 집중한 글쓰기 방식이 있기는 하다고 생각한다.

가장 처음으로 떠오르는 것은 시각적인 글쓰기다. 영화도 만화도 게임도 시각 자극이 큰 비중을 차지한다. 글을 읽는 것만으로도 머릿속에 그림이 펼쳐질 정도라면 영화사와 게임사의 러브 콜을 기다려볼 수 있지 않을까.

인물들의 내적인 갈등을 사건으로 드러내는 것도 좋은 방법

같다. 인물이 고민을 한다 쳐도 침대에 드러누워 천장을 보고 생각만 하기보다는, 다른 인물과 대화를 하면서 고민을 읊는 것이 다른 매체로 전환하기 훨씬 유리하다. 극적인 행동을 한다면 더 재미있겠지.

분량의 문제도 생각해볼 수 있겠다. 영화화를 염두에 두고 소설을 쓴다면 이야기 내 주요 인물의 수를 많이 줄이지 않을까. 소설은 압도적인 분량의 텍스트를 통해 이야기를 전달하지만 다른 예술 분야에서 그 많은 정보를 모조리 전달하기에는 돈도 시간도 없다. 만약 내가 영화화를 염두에 두고 소설을 쓴다면 주요 인물은 일곱 명을 넘기지는 않을 것이다.

2차 판권 판매를 고려하여 형식을 조절하며 소설을 쓴다는 건 슬픈 일 아닐까? 내가 이룰 수 있는 문학적 성취가 각색의 가능성이라는 족쇄에 얽매여 제한된다고 생각할 수도 있으니까. 글쎄, 딱히 슬프지는 않다. 내 직업적 자의식은 작가보다는 이야기꾼이라는 호칭에 더 큰 비중을 두고 있다. 나는 한 인간의 내면을 잘 묘사하는 재주가 없고, 감탄스러운 문장 같은 무기도 없으며, 텍스트만으로 즐길 수 있는 대단히 추상적이고 관념적인 글을 쓸 능력도 없다. 모두가 보르헤스가 될 수는 없는 법이니까. 그래도 나는 내가 이야기를 만드는 데는 어느 정도의 전문성을 가지고 있다고 믿는다. 그리고 내 머릿속에서 빚어진 이야기가 다른 전문가들에 의해 다른 형태로 다시 태어나는 걸 보는 건 그야말로 신비한 경험이었다.

소설만이 해낼 수 있는 고유한 영역은 여전할 것이다. 돈이 많이 드는 형태의 예술일수록 소재의 선택과 플롯의 전개에 보수적이기가 쉽다. 가령 「인터스텔라」를 보자. 「인터스텔라」는 잘 만든 SF 영화고 다른 작품을 각색하지 않은 오리지널 시나리오를 가지고 있지만, 참신하지는 않다. 특수상대성이론의 시간 지연 효과를 이용한 이야기는 SF 소설 쪽에서는 수십 년 전에 이미 단조롭게 되어버렸다. 돈이 엄청나게 많이 드는 블록버스터 영화에서 실험적인 소재를 사용하는 것은 쉽지 않겠지. 현대 영화는 자본주의의 폭주 기관차로, 망하면 감독과 수많은 투자자들과 스태프들이 다 같이 망한다.[°] 반면 소설이 망하면 작가 한 명만 망한다. 나는 누군가 그런 이야기를 텍스트로 먼저 쓰고 대중들이 그에 충분히 익숙해지지 않았다면 놀란이 그 소재에 그렇게 많은 돈을 투자받을 수 없었을 거라고 믿는다. 따라서, 내게 소설의 역할은 이야기의 최전선을 넓혀가는 데에도 있다. 그 정도면 충분히 직업적 자부심을 가질 만하다.

°

나는 수많은 끔찍한 블록버스터 영화들이 자본주의의 폭주 기관차로 화하기 때문에 망한다고 생각한다. 매몰비용이 어느 선을 넘으면 더는 돌이킬 수 없다. 모두 그 영화가 멸망으로 치닫고 있다는 것을 알지만, 그렇다고 영화를 안 낼 수도 없다. 내가 딱히 예시를 들지 않아도 머리에 떠오르는 제목들이 있을 것이다.

2500만 원

2020년 6월 7일은 조카의 돌이었다. 나는 오롯이 내가 글을 팔아 번 돈으로 돌반지를 하나 맞춰주기로 했다. 2년 전 이맘때, 막 공익근무를 시작할 무렵에는 경제적으로 완전히 무능했다. 아주 가끔씩 프로그래밍 외주가 들어오기는 했지만, 연 소득이 1000만 원이 채 되지 않았으니 생활에 기쁨이 끼어들 여지가 없었다. 월 50만 원 이하의 생활비로는 나 자신을 죽지 않게 유지하는 것 이상의 일은 할 수 없었다. 하지만 이제는, 비록 불안정하더라도, 다른 사람들의 나쁜 평가 하나하나가 심장을 저며놓더라도, 원고를 팔고 책을 팔아서 사랑하는 사람한테 괜찮은 선물을 할 수 있다. 기쁜 일이다.

이전에는 다른 사람들한테 무언가 선물을 할 때마다 '아깝다'라는 생각이 대단히 강렬하게 들었다. 내가 아무리 사랑하는 사람이어도 그냥 물건을 사주는 것 자체가 쉽지 않았다. 당시에는 많은 자책을 했다. 내가 너무 이기적인 사람 같았다. 선물을 나눠주는 걸 좋아하는 사람들을 볼 때마다 생각했다. 저 사람은 정말로 친구를 많이 사랑하는 사람인가 봐. 나는 그런 사랑을 품지 못하는 걸까?

이제야 문제의 원인이 내 마음의 평수보다는 내 지갑에 있다는 걸 깨닫는다. 물론 그 사람은 자신의 친구를 정말 사랑했기에 에어팟을 사준 것이겠지만, 동시에 곳간에서 인심 나는 것이다. 한 달 생활비가 50만 원인데 20만 원짜리 선물을 하는 거랑, 한 달 생활비가 200만 원인데 20만 원짜리 선물을 하는 건 크게 다른 일이지.

물론 이렇게 지적할 수 있다.

"당연한 말을 대단한 발견처럼 하는 경향이 있군요."

하지만 경제적으로 무능력할 때는 시야가 너무 좁았다. 물질적으로 지나치게 부족하니까 괴롭고, 괴로우니까 생각을 폭넓게 할 수가 없게 되었다. 내가 지금 처한 환경 때문에 할 수 없는 일을 다른 사람이 하는 것을 볼 때, 나는 환경이 아니라 나

스스로가 문제라고 탓했다.

다행히 이제는 글을 쓰고 돈을 번다. 언감생심이던 저축도 하고 있고, 결정적으로 가장 싼 것을 택하지 않아도 될 정도로 숨통이 트였다. 몇 개 없는 무궁화호 시간에 맞춰 역으로 갈 필요 없이 그냥 가장 가까운 시간의 KTX를 타고, 극도로 피곤할 때에는 택시를 탄다. 필요한 물건을 살 때는 굳이 최저가순으로 정렬을 한 뒤 평가를 저울질하지 않고 중간 가격의 양품을 산다.

사실 그러다 보면 필요 없는 데서 돈이 조금씩 새어나간다는 생각도 든다. 하지만, 돈을 아끼기 위해서 온갖 저울질을 하느라 인지적 자원을 소모할 일이 없다는 게 중요하다. 사람의 주의집중력은 한정되어 있어서, 돈을 아끼는 데 온갖 집중을 한 만큼 삶의 다른 장면에서 대가를 치러야 한다. 그리고 나는 주의집중력이 아예 없는 축에 속하는 ADHD 환자다. 안 그래도 집중력이 부족한데, 그걸 품질과 가격을 비교하는 데 쓰는 것보다는 일하는 데 쓰는 것이 오히려 더 경제적으로 이득이다. 새어나가는 것보다 돈을 더 많이 벌 테니까.

생활의 만족도는 올라갔지만, 그만큼 무섭기도 하다. 다시 이전으로 돌아간다면 견딜 수가 없을 것 같다. 상승의 욕구가 없는 것은 아니다. 분리된 작업실과 부엌, 욕조가 있는 화장실을 누릴 수 있다면 인생은 지금보다 확실히 더 괜찮을 것이다. 하지만 현재 상태를 필사적으로 유지해야 한다는 욕망이 더 크다. 글을 써서 적당히 소비하는 삶을 유지할 수만 있어도 만족할 수 있다. 마음속으로 "나는 월세를 내는 게 재미있어! 2년 단위로 집을 옮기면서 살아가는 인생이 너무나 행복해! 나는 현대의 도시 유목민이야!" 하고 되뇌면서 말이다. 한 60%는 진실이다.

여전히 극도로 불안정한 상태에 있기 때문에 상승 욕구가 크지 않은 걸지도 모르겠다. 프리랜서인 것만 해도 갑갑해지는데 수익 모델이 글 쓰고 팔아서 돈 버는 거라니, 담담한 사실 묘사만으로도 눈물이 주룩주룩 흐른다. 2020년에, 나는 한 달에 최대 800만 원을 벌어본 적도 있고 단 한 푼도 벌지 못한 때도 있다. 대출도 힘들다. 프리랜서 작가의 수익은 그 어느 은행도 수익으로 쳐주지 않는다. 작가의 수익을 수익으로 인정해줄 만큼 도량 넓은 금융 집단은 국세청과 건강보험공단뿐이다. 물론 수익이 증가할 때만 알아채고 감소할 때는 내가 따로 통보해야 하지만. 하, 국가에 감사하지 않으면 어디에 감사하겠나.

일단 최악의 상황에서는 빠져나왔기에 희망적인 전망을 가지지만, 그래도 돈 문제는 좀 더 객관적으로 접근하고 싶다. 나는 읽고 쓰는 것을 좋아하고 그것으로 먹고사는 것은 좋은 일이지만, 나를 대접할 수 없다면 그 좋음도 포말처럼 흩어져 사라지겠지. 그래서 기준선을 그었다.

2020년부터, 나는 한 해에 2500만 원의 돈을 작가 일로 벌지 못하면 당장 공시를 준비하든 다시 프로그래밍을 해서 취업을 하든 살길을 찾아나서고자 한다. 작가 일로 버는 돈이란 고료와 인세와 판권료와 행사, 방송의 출연비 등을 모두 더한 돈을 뜻한다. 이 금액은 매년마다 조금씩 늘릴 셈이다. 이 정도는 벌어야 나도 삶을 유지할 수 있지 않겠나 싶다.

이 글을 쓰고 있는 시점은 2020년 7월 23일 오후 6시다. 지금까지 모은 돈을 보면 무난하게 달성할 수 있을 것 같기는 하다. 하지만, 수입 정산이 극도로 불안정하기 때문에 장담은 할 수 없다. 그렇게 되더라도 울지는 않을 거다. 그 생활에도 나름대로의 행복과 즐거움은 분명히 있을 테니까.°

°

(2021년 3월 30일) 성공했다. 20대가 가질 수 있는 직업은 특수 전문직을 제외하고는 거의 대부분 불안정하기 때문에, 전업 작가도 뭐 할만하지 않은가 하는 생각도 든다.

두뇌를 이용한 외줄타기

일전에 EBS FM의 '자작나무 숲에서 작가를 만나다'라는 코너에서 한 시간짜리 인터뷰를 진행했다. 글이 아니라 순전히 혀만으로 돈을 번 최초의 경험이었다. 이렇게 단정적으로 써놓고 보니까 초등학생 때 학교 웅변대회에서 도서 상품권을 받은 기억도 있는 것 같아서, 돈을 벌고 세금을 내는 최초의 경험이었다고 말하는 것이 더 낫겠다.

녹화 방송이었는데, 따로 진행자가 있었던 것은 아니고 대본에 적힌 여러 질문에다 미리 간략한 대답을 준비해두었다. 방송하면서 그걸 따라 읽다가, 즉흥적으로 생각나는 이야기들을 추가로 하는 형식이었다. 나는 두 시간 정도 라디오 부스 안에 혼자 앉아 녹음을 진행했다. 소름이 돋도록 적막한 장소에서 내 목소리를 들으며 끝없이 이야기를 하는 것은 신기하고 재미있는 경험이었다.

PD님은 편집 시에 살짝 곤란했을지도 모른다고 생각하기도 했다. 나는 말이 빠르다. 그리고 완전히 국립국어원이 지정한 표준적인 발음과 어휘를 사용한다고 확신하고 있는데, 내 친구들은 하나같이 내 말투를 들으면 고향이 어디인지 착각할 수가 없다고 주장한다. 말을 계속하다 보면 제풀에 흥분해서 조금씩 더듬기도 한다. 다행히도 말을 하면서 대본을 넘기거나 하는 이유로 오디오에 불필요한 파열음을 추가하는 실수까지는 저지르지 않았다. 하지만 PD님은 내가 닿지 못한 전문가의 영역에 오래전에 여유로이 도달하신 것 같았다.

그런 걱정을 끝내자 나는 내가 편집을 걱정할 만큼 한가롭지 않다는 생각이 퍼뜩 들었다. 나는 녹음 중에 심각한 헛소리를, 그것도 뇌리에 남아 결코 잊혀지지 않을 만큼 심각한 헛소리를 하지 않았는지 유의해야 했다. 친한 친구랑 여느 때처럼 대화를 나누다가 실언을 해도 그 대가를 치러야 하는데 하물며 공중파 라디오에서 타인에게 직접적인 해를 끼칠 수 있는, 문제 발언을 했다면?

조금 부드러운 예시를 들어보자. 어떤 대안적인 시공간 속의 심너울이 라디오 녹음 중에 콩국수라는 음식을 잘 이해하지 못하겠다는 말을 한다. 그 대안적인 시공간의 심너울은 뻔뻔하게도 "콩국수의 콩물은 오일 파스타의 오일만큼이나 그 맛이 진한 거 같은데 양이 너무 많아서 맛에 압도되는 느낌이에요. 불고기피자에 버금가는 괴식이랄까요?"라고 한 것이다. 남의 취향을 지극히 자의적인 기준으로 깔아뭉개는 그 몇 마디는 사람들의 공분을 충분히 살 만하다.

그 이후 대안적인 시공간의 심너울은 사이버 공간 속에서 수만의 이빨에 갈갈이 찢겨나간다. 대안적인 시공간의 심너울이 지금보다도 더 미숙할 때 썼던 발언들이 발굴되고, 그 존재의 본질적인 추악함이 SNS(예를 들면 트위터)에서 약 30초 정도 화제가 되며, 사람들은 제각기 한마디씩을 얹는다. 대안적인 시공간의 심너울은 그 30초 동안, 켜켜이 쌓여 수천 수만 마디가 된 한마디들 때문에 정신에 큰 상처를 입고 이전에 겪었던 온갖 신경증이 재발한다.

첨언하건대, 콩국수의 예시는 현실의 내 식성을 반드시 명백하게 설명하지는 않는다. 내가 콩국수와 불고기피자를 어떻게 여기는지에 대해서는 여기서 공개하지 않겠다. 하여튼, 나는 콩국수보다 더 위험한 발언으로 다른 사람들을 상처 입히고 나 또한 파멸을 맞는 미래를 상상하면서 며칠간 벌벌 떨었다.

왜 그렇게까지 생각했는가? 한 사람이 말을 오랫동안 하다 보면 이상한 소리를 할 확률이 빠르게 늘어난다는 것을 알기 때문이다. 언어를 통하여 의사를 전하는 행동은 일반적으로는 사람, 그러니까 호모 사피엔스 사피엔스들만이 하는 행동이고, 상당한 인지적 자원을 필요로 하는 복잡하고 어려운 일이다. 복잡하고 어려운 일을 지속해서 하다 보면 오류가 일어날 가능성이 커진다. 헛소리를 하게 된단 말이다. 적어도 글을 쓰는 일은 자신이 쓴 글을 발표하기 전에 확인하고 다시 수정할 가능성이라도 주어지는데.

'입은 재앙을 불러오는 문이고 혀는 몸을 토막 내는 칼'이라는 유명한 문구에서 틀린 구석을 찾아내기 쉽지 않았다. 다행히 그 방송에서 내 입은 재앙을 불러오지 않았다.

마음고생을 좀 한 이후로 나는 말을 오랜 시간 동안 능숙하게 하는 사람들에게 경의를 품게 되었다. 특히 생방송이나 강연 등 직접 사람들에게 노출되는 상황에서 오랜 시간 동안 말을 좔좔 늘어놓는 사람들을 볼 때는, 온갖 재주를 부리면서 아슬아슬한 외줄타기를 하는 사람들을 볼 때처럼 손에 땀을 쥐게 되었다. 그들은 실로 두뇌를 이용하여 외줄타기를 하고 있는 것이었다.

물론 그 외줄타기는 항상 성공하는 것이 아니다. 사실 생방송에 나와서 이런저런 이야기를 종횡무진 오가다가 결정적인 헛소리 하나에 폭사하는 사람들은 잊을 만하면 나오니까. 하지만 나는 이제 조금은 관대해지기로 했다. 마음에 어둠이 없는 사람은 없고, 한 시간도 넘게 여러 사람들 앞에서 떠들면서도 자기 속의 어둠을 내보이지 않고 실언을 하지 않는 것은 당연한 게 아니라 칭찬받아야 할 덕목이라고 생각하기로 했다. 물론 그 실언이 너무 쌓이면 문제가 되기는 하는데.

거기까지 생각을 한 나는 하나의 성찰을 나름대로 해낸 느낌이었다. '에이, 그래도 실언을 한 번 했으면 다음부터는 조심하지 않을까? 나는 사람에게 희망을 가지겠어!' 따위의 생각을 추가로 했다. 그래도 내가 실언을 했다는 것을 파악하는 것 또한 중요하다. 이후로 나는 북토크나 강연의 기회가 있을 때마다 사람들에게 내가 혹시 실언을 했다면 공개적으로든, 아니면 개인적으로든 꼭 알려달라고 이야기하게 되었다.°

사실 이렇게라도 생각하지 않으면, 사회적으로 명망이 있는 사람들이 온갖 막말과 아무런 조심성 없는 행동을 지나치게 자연스럽게 하는 것을 도저히 이해할 수 없기 때문이 아닌가 싶기도 하다. 직장과 항문의 고귀한 임무를 구강과 성대에 아웃소싱 한 인간이 세상에 한둘인가. 우선 나는 나를 변호하고도 싶고, 또한 모든 사람의 내면에는 빛이 있는데, 다만 서툴러서 제대로 표현되지 않는 경우가 많기도 하다고 믿고도 싶다. 제발.

•

이 책에 쓴 글 중에서도 너무 충격적인 헛소리라 감당할 수 없는 내용이 있다면 피드백 주세요. 트위터 @neoulneoul에 제 이메일 주소가 적힌 노션 링크가 있습니다.

무엇이 사람을 어른으로 만들까

2020년 6월까지 공익 생활을 할 때는, 좋든 싫든 2년 동안 오전 9시까지는 출근을 해야 했다. 끔찍했다. 나는 단 한 번도 아침형 인간으로 살아본 적이 없다. 학생 때는 일단 밤 12시에 자는 척했다가 부모님이 자는 것 같으면 일어나서 새벽 5시까지 게임을 했다. 학교에 가면 오후 4시까지 달콤하게 잠들었다. 그런데 매일 오전 9시까지 반드시 출근을 해야 하다니! 2년 정도 하다 보면 적응될 줄 알았지만 나는 끝의 끝까지 도저히 그 생활을 체계화할 수 없었다.

내 가설로는 이게 다 아침형 인간들이 날치기를 했기 때문이다. 태초에 사람들이 일할 시간을 결정할 때, 올빼미형 인간들이 집에서 누워 자고 있는 동안 아침형 인간들이 오전부터 오후까지 일하는 걸로 지들끼리 결정을 내린 것이다. 그게 우리 세상이 눈물 계곡인 이유다. 확신한다.

내가 작가 일을 시작한 이유는 글을 쓰는 것에 대단한 애착이 있어서가 아니었다. 데뷔작이라고 할만한 「정적」은 엉겁결에 만들어졌다. 즉 사고로 쓴 소설이다. 흔히 말하는 '등단'도 아니었다. 그 상황에서 작가 일에 갑자기 뛰어드는 건 아무리 생각해도 위험한 결정이었다. 하지만 2년 동안 아침 9시 출근에 절찬리로 고통받다 보니까, 그 작은 데뷔가 그럴싸하게 느껴지는 것이다. 결국 침대의 중력에서 헤어나오지 못하던 어느 날 이런 생각을 하게 되었다.

'어, 프리랜서로 글 쓰면서 살면 매일 아침마다 죽음의 냄새를 맡지 않아도 될 것 같은데?'

얼마나 그럴싸하고 아름다운가? 나는 아침에 잔뜩 퍼자고 싶었다. 출근하면서 고통받는 친구들을 놀리고 싶었다. 불안정하고 업무 시간이 좀 길어도 괜찮았다. 내가 싫어하는 건 체계적이고 규칙적인 생활이지, 긴 업무 시간 자체는 아니었다. 사실 이 정도면 현실적이라고 생각했다. 글 쓰는 것이 상당히 고통스러운 일이라는 건 이미 잘 알고 있었다. 커피를 한 모금 홀짝하면서 창문 밖으로 보이는 아름다운 풍경을 잠시 감상하며 창작에 매진하는 그런 모습은 기대하지도 않았다.

오전 11시 반, 아침(이라고 주장하고 싶은 시간), 다섯 번 미룬 모닝콜이 울린다. 나는 시간의 이 불가해한 쾌속성에 대해 평생 이해할 수 없을 것이다. 산뜻한 위기감에 빠진다. 여기서 더 자면 나는 정말 길앞잡이야. 그리마야. 예쁜꼬마선충이야. 수억 년 전에 살았던 공통 조상에서 갈라진 친척들의 이름을 읊으면서 일어난다. 새벽 3시에 잤는데 11시 반에 일어나다니, 여덟 시간 반밖에 안 잤다니. "나는 이토록이나 성실해!"라고 되뇐다. 참고로 오후 10시부터 다섯 시간 동안 게임하다가 잔 것이다.

한 손에 스마트폰을 쥐고 트위터를 꼼꼼히 확인하면서, 냉장고에 있는 과일 하나를 까 먹는다. 기적적으로 컨디션이 좋은 날에는 과일을 갈아서 주스로 만들어 먹는 놀라운 일을 벌이기도 한다. 커피와 종합비타민제를 먹는다. 커피와 종합비타민제의 역할은 별반 차이가 없다. 둘 다 내 연료다. 나는 커피를 기호 때문이 아니라 생존을 위해 먹는다.

이전에 커피에 타우린(에너지 드링크에 들어가는 강장제)을 넣어서 파는 것을 본 적이 있다. 20년 뒤의 역사가들은 "2000년대 초반의 한국인들은 지나치게 비인간적인 노동환경을 견디기 위해 질 낮은 인스턴트커피를 무시무시하게 많이 마시면서 살아갔다"라고 기록할 것이다. 산업혁명 시기의 영국에서 노동계급 사람들이 순전히 칼로리를 얻기 위해 설탕이 잔뜩 든 홍차를 마신 것처럼 말이다. 역사는 반복된다.

말이 새었군. 하여튼 먹었으면 샤워를 하고, 신체의 기저에 영원히 자리 잡아 도저히 떼낼 수 없는 피로가 찰싹 달라붙은 채로 데스크톱 앞에 앉는다. 나는 여가도 일도 이 데스크톱으로 한다. 스팀 클라이언트의 아이콘으로 돌진하는 마우스 포인터를 초인적인 의지로 끌어당겨 스크리브너를 실행한다. 근데, 리디북스 뷰어 아이콘도 아름답게 빛나는 거 같다. 생각을 해보자. 글을 쓰는 데는 인풋이 필요하다. 다른 사람의 글을 읽는 것은 그 자체로 내 작업의 퀄리티를 증진하는걸. 전자책을 실행한다. 아직 안 읽고 쌓아놓은 책이 20권 정도 있다. 하하! 오늘은 읽을 책이 많겠는걸.

그리고 나는 집중을 완전히 뺏긴다. 책을 읽었으니 게임도 좀 해야지. 내 일상을 지키는 것도 중요하지만, 사이버 세상에 살아가는 거주민들의 평화와 복지를 증진하는 것도 정말로 중요한 일 아닐까? 내 논리의 내적 정합성에 감탄하면서 게임을 실행한다.

오후 4시쯤 되면 내 정신의 두 번째 지배자인 불안이 첫 번째 지배자인 나태를 제압한다. 마음속에 온갖 파국적인 생각들이 떠오른다. 마감을 지키지 못해 생길 수 있는 가장 고통스러운 사건들이 마음속에 무시무시한 속도로 차오른다. 이 속도로 소설을 구상할 수 있다면 1년에 책을 20권은 낼 수 있을 것이다. 이 불안에서 헤어나오기 위해서라도 글을 써야 한다.

자괴와 절망을 잘근잘근 곱씹으면서 스크리브너를 실행한다. 내 정신은 '쓴 글자 0'이라는 육중한 현실에 맞부딪히자마자 으깨진다.

'한 글자도 쓰지 않았어요. 원고지 한 매도 쓰지 않았지요. 예, 다 제 탓입니다. 제 큰 탓입니다.'

밤늦게까지 키보드 앞에 붙잡혀서 고통과 고뇌에 몸부림치다가 새벽 2시가 되면 눕는다. 글자들이 잔상이 되어 눈꺼풀 뒤의 어둠에서 떠다닌다. 한 시간은 누워 있어야 간신히 잠들 수 있다. 뭐, 그래도 유연하게 근무 시간을 조정한다는 생각으로 스스로를 위안했다.

아, 그래도 사람들을 만나기는 좋다! 내 시간을 다른 사람들의 시간에 얼마든지 맞출 수 있으니까.

아침형 인간인 친구를 만났다. 그는 매일매일 시간표를 정해놓고 그 시간표에 정확히 맞춰서 살아가는 칸트적 생활을 추구한다. 나는 그를 아끼지만 그러한 방식은 죽을 때까지 받아들일 수 없을 것이다. 나는 그가 매일 다음 날의 할 일을 시간 단위로 정확하게 맞춰놓고 잔다는 말을 들었을 때 경악을 금치 못했다.

그래서 나는 친구의 일정에 정확히 맞춰서 시간을 냈고, 그를 만나자마자 자랑했다.

“봐! 내가 너를 위해 시간을 얼마든지 자유롭게 만들어줄 수 있다고. 비록 내가 고용불안정의 끝판왕이지만 이것만은 내 커다란 장점이지.”

“그래, 다른 건 어때? 프리랜서 결심할 때 말했던 대로 되고 있어? 출퇴근 시간을 유연하게 정할 수 있다던 거 말이야.”

“음… 그게 … 새벽에 글을 쓰기는 하는데 ….”

나는 앞에서 내가 말한 내용을 그대로 설명했다. 원래 자랑을 하려고 했는데 어느 순간 고해 비슷한 분위기로 전환되었다. 친구는 특유의 차분하고 안정된 표정으로 고개를 조금씩 끄덕이며 이야기를 듣다가, 준엄한 심판을 내렸다.

“글쎄, 좀 더 체계적으로 살면 좋지 않을까? 매일 일할 시간을 정확히 지정해놓으면 좋잖아. 정확한 시간에 일어나고, 정확한 시간 동안 일하고, 주말에는 딱 쉬고. 그럼 네가 매일 어느 정도 일을 할 수 있는지 계산도 할 수 있을 거고, 또 생활에 변수가 줄어드니까 하루하루가 훨씬 더 명료해질걸. 사실 지금 넌 유연하게 일을 한다는 관념에 너무 사로잡혀 있는 것 같아. 진짜 문제는 매일 미루고 미루다가 결국 불안해하는 건데. 사실 하기 싫은 일을 하지 않아서 얻는 불안이 하기 싫은 일을 진짜 하는 것보다 훨씬 더 괴롭거든. 굳이 사서 불안해하느니 일상에 뼈대를 심어주는 것도 나쁘지 않아."

"꾸에에엑…."

"무슨 소리야?"

"하지만 나는 그게 싫어서 프리랜서를 하는 건데."

"프리랜서는 마음대로 시간을 쓸 수 있어서 프리랜서인 게 아니라, 네가 혼자 책임지고 체계를 만들어야 해서 프리랜서인 거 아냐?"

나는 진실만을 말하는 그의 두 눈을 불타는 눈빛으로 바라보았다. 그는 피식 웃었다. 나는 인생이 이런 거라고 사전 고지받지 못했다고 주장했다. 태어나기 전에 이런 계약에 서명한 적은 없다고 말했다. 하지만 그는 나를 대신 변호해줄 생각이 없는 것처럼 보였다.

집으로 돌아오면서 나는 세상에 의문을 품었다. 왜 인간의 정신은 이렇게 비효율적으로 설계되어 있을까? 왜 매일 루틴을 짜고, 그 루틴에 맞춰서 생활하는 것이 인간을 생산적으로 만들어줄 뿐만 아니라 생의 괴로움도 감쇄한다는 것을 알고 있으면서 도저히 손도 못 대는 걸까? 왜 인생을 더 낫게 만들어줄 모든 훌륭한 행동들은 그렇게 발을 들여놓기가 힘이 드는가? 왜 고통은 실제로 받을 때보다 그것을 상상할 때 더 크게 느껴질까? 만약 신이 있다면, 왜 세상을 이딴 식으로 만들어놓고 수정할 생각을 않는가? 수많은 유저들이 고통받고 있다는 것을 모르는가?

데스크톱에는 할당량을 채우지 않은 원고가 나를 기다리고 있었다. 원래 오늘까지 다 하기로 한 것이었다. 지긋지긋하고 또 불안했다. 살면서 불안을 수만 번은 넘게 느꼈을 텐데 왜 이 감정은 적응이 되지 않을까. 도대체 세상의 수많은 사람들은 이런 하루하루라는 험난한 여정을 어떻게 다 헤치고 살아가는 걸까. 어떻게 모든 개인들은 그다지도 영웅이고 어른인가.

나이가 들면 모두가 어른이 된다고 생각했다. 나는 중고등학생 때, 인간이 방학 없이 생존이 가능하다는 것이 어떤 잔인한 농담처럼 느껴졌다. 1년에 2개월이나 쉬어도 이렇게 고통스러운데 어떻게 개인이 1년에 고작 2주 휴가를 가지고 살아갈 수 있을까? 나는 사람이 나이가 들면 바뀌는 줄 알았다. 스스로 고통을 지고, 스스로 책임의 무게를 질 수 있도록 알아서 성격이 성형된다고 생각했다. 당시에는, 아직 내가 어리기 때문에 어른의 마음을 모르는 것이라고 믿었다. 그리하여 생각보다 그 모든 것이 잔인한 농담이 아닐지도 모른다고 믿었다.

안타깝게도 세상은 잔인한 농담이 맞았고, 그로부터 10년이 지나도 여전히 나는 어떻게든 책임을 최소한으로 질 궁리를 하는 불성실한 인간이었다. 나는 궁금하다. 무엇이 사람을 어른으로 만들까? 도대체 어떻게 개인이 그 친구처럼 초월하여 승천의 경지에 다다를 수 있을까?

하아… 그 답을 솔직히 짐작할 수 있을 것 같다. 앞서 말했듯, 모든 고통은 마음속에 그릴 때 가장 커다라니까. 실제로 해보면 생각보다 괜찮을지도 모른다.

그래서 내일은 체계적으로 살아보기로 한다. 생각보다 덜 고통스러울지도 모르니까.

그러려면 오늘은 새벽 1시 전에 자야지. 내일 할 일을 미리 써둬야지.°

제발.

∘

(2021년 3월 30일) 실패했다.

메인 트윗

심너울 @neoulneoul · 2020년 8월 30일

운동은 즐겁다.
운동은 즐겁다.
움직이는 건 행복하다.
나는 지금 매우 기쁘다.
러너스 하이 상태이다.

돌아 보기

나는 우울증과 범불안장애와 ADHD를 가지고 있다. 항우울제는 최근에는 안 먹고 있고, 항불안제는 밥보다 잘 챙겨 먹는다. ADHD 약은 일할 때만 먹다가 부작용이 너무 심해서 끊었다. 한때는 약을 말 그대로 한 줌을 먹기도 했으니 지금은 상당히 상황이 좋아진 것이다. 하지만 나는 이러한 병들을 너무 오래 앓아서, 우울 삽화를 일상 중에 겪지 않는 나, 미래를 쓸데없이 파국적으로 보고 불안해하지 않는 나, 원하는 대로 집중을 할 수 있는 나를 상상조차 할 수 없다. 과거에 대한 기억이 없다. 4년 전으로만 거슬러 올라가도 뭐가 뭔지 모르겠다! 나는 내 뇌가 스스로를 충격에서 보호하기 위해 기억을 편집하지 않았나 추측만

할 뿐이다. 그런 기억의 파편들 중 몇 개를 주워 모아 빈 곳을 유추하곤 한다.

내 기억 중 가장 앞선 것은 다섯 살 때인데, 당시에 우리 집은 마산 앞바다에 면한 촌 동네에서 횟집을 했다. 집 대문을 나서면 주차장으로 쓰이는 커다란 돌밭 마당이 깔려 있고, 그 마당을 지나면 1.5차선 차도가 있었고, 도로를 넘으면 바로 해변이었다. 찝찔한 비린내를 품은 해변의 돌들 밑에는 갯강구와 작은 게들이 숨어 있었다. 고개를 들어 바다 건너를 보면 수평선을 가리는 섬들에 여러 집들이 다닥다닥 붙어 있었다. 횟집은 더 이상 우리 가족의 소유가 아니고, 그 섬에 사는 사람들이 누구인지 무엇을 먹고 살았는지는 지금도 전혀 모른다. 지금의 내가 '동물의 숲' 외의 다른 곳에서 갯강구를 보면 놀라 30미터 밖으로 도망칠 것이다, 아마도.

나이가 들어서 시내의 유치원에 입학한 나는 외갓집에서 초등학생 시절을 보냈다. 엄마는 당시에 초등학교 평교사였는데, 수많은 한국 여성들처럼 훌륭한 재능이 있었지만 팍팍한 사회의 억압에 시달리고 있었다. 당시에 엄마는 교사 일을 하면서 교육학 석사 과정을 밟았고, 동시에 가사를 하면서 주말마다 나를 집으로 데려갔다. 이게 얼마나 초인적인 업적인지 20대가 되어서야 얼핏 깨달았다. 이제 은퇴를 1년 앞둔 교장이 된 엄마의 최애 예술가는 내가 아니라 임영웅 씨다.

초등학교 때 나는 내가 정말로 특별한 사람이 될 수 있을 거라고 믿었다. 초등학교에 진학하기도 전부터 나는 책과 인터넷에 푹 빠져 살았는데, 현실은 그 매체들 속에서 마주하는 세상보다 지나치게 하찮게 느껴졌다. 책이 알려주는 광대한 공간에 비하면 마산은 너무나 좁았고, 필연적으로 고만고만한 계급의 고만고만한 아이들이 모이게 되는 공립학교보다 인터넷에서 만날 수 있는 다양한 사람들이 더 좋았다. 나의 세상이 특별한 나를 지지해줄 수 없다고 생각했다. 어린 시절부터 교만을 차곡차곡 쌓아나간 셈이었다.

자아는 비대했지만 내 능력은 비대한 자아에 걸맞지 않았다. 나는 책 몇 권을 읽고 얻은 지식으로 내가 지식인이라도 된 것마냥 굴었다. 그때 내가 사람들을 무시했던 모습을 생각하면 지금도 쥐구멍을 찾고 싶은 심정이다.

그때 정신을 차렸어야 했는데 그 이후로도 꽤 한심했다. 좀 더 정직하게 말하자면 대학을 간 후에도 한심하기 그지없었다.

고등학교 공부는 적성에 꽤 맞는 편이었다. 공부를 별로 안 해도 성적이 잘 나왔는데, 그건 행운이었지만 내 인격에는 좋은 영향을 미치지 않았다. 나는 뭐라도 된 것 같은 기분에 상당히 도취되었다. 내가 시골에서 태어난 천재인 줄 알았다. 인도의 천재 수학자 라마누잔에 스스로를 이입했던 것 같기도 하다. 수능 성적이랑 지성의 완성도에는 별로 유의미한 상관관계가 없다는 것을 몰랐다. 그리고 수능 성적 좀 잘 받는다고 해서, 좋은 대학에 입학한다고 해서 개인이 평생에 걸쳐 특권을 얻는 게 그냥 말도 안 되는 소리라는 걸 나는 몰랐다.

그 상태로, 열아홉 살에 대학에 입학했다. 다들 상경계를 쓰라고 했지만 심리학과로 진학했다. 이름이 멋있어 보인다는 이유였다. 그렇게 서울에 올라갔다. 그때 적어도 내가 기억하는 바로는 한강을 처음 보았다. 한강은 어린 시절 쭉 보았던 바다보다 더 넓었다. 내 집 앞의 바다는 섬에 막혀 있었지만, 대교에서 인천 쪽으로 바라본 한강은 지평선 끝에 희미하게 키 큰 건물 몇 개가 보일 뿐이었다. 햇빛이 찬란하게 부서지는 강, 그 옆으로 붙어 있는 압도적인 크기의 건물들. 나는 이제야 내가 큰 물로, 내 재능에 걸맞은 곳으로 왔다고 생각했다.

무슨 말도 안 되는 생각을 하고 있었나 싶어 민망하면서도 웃음이 난다. 대학에는 온갖 부류의 사람들이 다 모여 있었다. 난 생처음으로 영어를 한국어보다 더 능숙하게 하는 이들을 만났으며, 누구나 알아차릴 수밖에 없는 진정한 재능으로 밝게 빛나는 별과 같은 사람들을 목격했다. 그 사이에서 나는 도저히 떼지 못하는 억양을 제외하면 유별나지 않았고, 우월한 구석도 없었다.

내가 스스로 믿고 있던 대로 현명했다면 나는 그 경험을 토대로 인격의 도약를 달성했을지도 모른다. 대부분의 사람들처럼 나도 평범하게 장점이 있고 평범하게 단점이 있는 평범한 인간이니, 내가 맞을 수 있고 알 수 있고 성공할 수 있는 것처럼 틀릴 수도 있고 모를 수도 있으며 실패할 수도 있다는 너무나 당연한 사실을 깨달았을지도 모른다.

아쉽게도 나는 현명하지 않았다. 나는 성장하는 대신에 곧장 정신병을 주렁주렁 달았다. 극심한 수준의 우울증과 불안장애에 시달렸다. 중학생 때부터 소아비만 등의 이유로 우울증이 있긴 했지만 학부 시절부터는 약 없이는 도저히 견딜 수 없는 지경에 다다랐다. 4평짜리 자취방은 고뇌를 제곱해주었다. 항불안제를 상당히 많이 삼켜도 죽지 않는다는 사실을 발견했다.

그 수준으로 고통받으면서도, 나는 내가 뭐라도 되는 사람이라는 착각에서 벗어나지 못했다. 세상이 나를 못 알아본다고! 지금 생각해보면, '내가 특별하다'는 비합리적 인지에서만 벗어나면 충분히 기회가 있었다. 나는 그때나 지금이나 이상할 정도로 인간 자체의 납작한 수준에 비해 괜찮은 사람들을 많이 만나는 편이다. 과분할 정도의 인복을 누렸음에도 나는 당시에 내게 손을 내밀어주던 사람들의 도움을 뿌리쳤다. 내가 내 복을 걷어찬 것이지, 누굴 탓하겠나.

나는 정신을 추스르지 못한 채로 졸업했다. 졸업식에는 참석하지 않았다. 미필이었고, 취업 준비 같은 건 한 톨도 하지 않았다. 인터넷 커뮤니티에 널려 있는 질 나쁜 밈들을 즐기면서 매일 자취방에서 술만 마셨다. 특히 비아냥대고 조롱하는 문화가 좋았다. 남들이 조금이라도 더 나은 사람이 되려고 애쓰는 모습을 깎아내리고, 모두 다 별거 아닌 존재니까 서로서로 빤스를 벗어도 된다는 식의 대단히 자조적이고, 파괴적이고, 위악적인 문화.

모든 인간에게 결점이 있지만, 그 결점을 어떻게든 보이지 않게 숨기고 다른 사람들에게 나쁜 영향을 미치지 않으려고 노력하는 것은 결코 단순한 위선이 아님을, 그것이 우리 사람들의 공동체를 유지하고 앞으로 추진시키는 힘인 것을. 그 자명한 사실을 모를 정도로 나는 무지했다.

그 무지로 톡톡한 대가를 치러야 했다. 당시가 내 정신 건강의 최저점이었고 체중과 간 수치의 최고점이었다.

졸업 후 6개월이 지난 어느 날 학교에서 전화가 왔다. 졸업생 취업 실태를 조사한다는 것이었다. 나는 프리랜서라고 대답했다. 그러자 개인사업자 등록을 했냐고 물어보는 것이었다. 나는 개인사업자라는 게 뭔지 몰랐다. 전화를 끊었다. 극심한 부끄러움을 느꼈다. 갑자기 나를 둘러싼 세상이 보이기 시작했다.

애써 부정하려고 해도 현실은 닥쳐왔다. 나는 멍청함의 대가를 두둑한 이자를 쳐서 받고 있었다. 현실의 인간관계는 초토화됐고 건강도 나빴다. 버는 돈은 한 푼도 없이 부모님이 주는 용돈으로 생활하며 신촌 구석의 자취방에 붙어 있었다. 내가 멀리서 비웃던 친구들은 하나둘씩 취업을 하거나 대학원에 진학하면서 내가 모르는 중요한 경험들을 하나씩 쌓고 있었다. 나는 별로 귀하지도 않은 졸업장 외에는 손에 든 것이 아무것도 없었다. 재밌던 커뮤니티에 격렬한 환멸이 느껴졌다. 다른 모든 사람들을 혐오했는데, 정작 그러던 나 자신이 얼마나 혐오스러운 존재였는지 깨달았다. 정신적으로 지나치게 괴로우면 구토를 하게 된다는 놀라운 사실을 깨달았다.

썩어 부스러지고 싶지 않았다. 그래서 소설을 쓰기 시작했는데, 행운이 따라서 빠르게 데뷔할 수 있었다. 이 시기부터는 기억이 많이 되살아난다. 조금이라도 안정되기 시작한 것이다. 다행히도.

2년이 지났다. 그동안에도 전에 겪어보지 못했던 신기한 고통이 몇 개 있긴 했는데, 이번에는 포기하지 않고 꾸준히 소설을 썼고, 책을 몇 권 출판했다. 작가라고 나를 소개할 수 있게 되었다. 극도로 불안정하지만 수입이 생기긴 했다. 오롯이 내 잘못으로 망친 수많은 소중한 인연을 몇몇 회복했으며, 새로이 많은 사람들을 사귀었다.

내가 대단한 사람이 아니라는 것을 이제야 어렴풋이 알겠다. 인간관계에 있어서도 이전보다는 사람답게 구는 법을 알겠고. 수많은 사람들이 제각기 자기 삶 속에서 무한한 투쟁을 벌이고 있다는 것을, 그 투쟁을 반드시 존중해야 한다는 것을 알았다. 남을 무시하고 조롱하는 것이 참 나쁜 일이라는 걸 이제야 깨달았다. 내 생각에 이 정도의 사회화는 중학생 정도에 완료되어야 할 것 같은데, 내가 많이 느렸다.

상황은 괜찮아졌다. 하지만 여전히 당장 1년 후의 미래도 장담할 수 없을 정도로 불안한 상태다. 내가 프리랜서 생활을 계속 지속할 수 있을지 의문스럽다. 쏟아지는 마감은 아무리 긍정적으로 생각하려고 해도 역시 벅차다. 여전히 서울에 대한 선망과 가망 없는 짝사랑을 포기하지 못했다. 이 집값 비싼 서울에 대롱대롱 매달려 있고 싶고, 계속 글을 쓰고 싶다. 그 생각을 하면 많이 불안하지만, 모든 게 최악의 길로 흘러가지는 않으리라고 믿고 싶다.

나는 희망이 드물 때에 낙관하고 싶다. 낙관을 버릇으로 들이고 싶다. 돌발적으로 나타나 내 삶을 더 낫게 만들 긍정적인 변수는 지금 계산하려고 해도 계산할 수가 없으니까.

결코 예전의 나로 돌아가지 않을 것이다. 나의 한심함 중 일부는 어쩔 수 없는 것일지도 모른다. 하지만, 적어도 내가 노력할 수 있는 영역에서는 한심해지고 싶지 않다. 그것만이 내 바람이다.

물론, 나는 내 정신의 주인이 아니야

왜 다른 사람들은 초등학생 시절에 수업을 들을 때마다 일어나서 교실을 마음대로 돌아다니지 않았던 걸까? 좀이 쑤시지 않나? 어떻게 아이가 그토록 초인적인 인내력을 가질 수 있는가? 끝도 없이 말을 늘어놓다가 쏟아지는 생각이 혀를 압도해서 말을 더듬곤 하는 건 역시 내가 머리가 나쁘기 때문일까? 수능 전날에 뜬금없이 온라인 게임에 과몰입해서 열한 시간 동안 하던 건 역시 내 성격이 글렀기 때문이었을까? 다른 사람들도 글을 쓸 때마다 한 문단도 제대로 끝마치지 못하고 10초에 한 번씩 워드프로세서에서 인터넷 브라우저로 창을 전환하곤 할까? 밤을 새서 어떤 일을 한다는 게 가능하긴 한 건가? 왜 나는 이토록 불성실하고 게으르고 산만한가?

언제나 대부분의 사람들은 나보다 성실했다. 나는 싫어하는 일에서 오는 고통을 어떻게 매일매일 몇 시간씩 이겨낼 수 있는지 알 수가 없었다. 내 정신은 분명히 나의 것일 텐데, 왜 내 마음대로 할 수가 없을까? 왜 나는 의지가 없을까? 부족한 의지에 대한 자책은 내가 항상 느끼는 죄책감의 원인 중 큰 비중을 차지했다.

ADHD라는 병명과 그 증상을 알게 됐을 때, 나는 드디어 문제의 답을 알아낸 것 같았다. 과잉된 충동과 행동, 산만함… 어릴 때부터 발병해서 성인까지 이어진다는 것도 너무나 내 이야기 같았다. 하지만 나는 바로 검사를 받지는 않았다. 일단 검사 자체가 지나치게 비싸기도 했고, ADHD를 어릴 때 진단받지 않은 것도 문제였다. ADHD는 성인이 되어서 갑자기 걸리는 병이 아니고, 어릴 때부터 꾸준히 유지되는 병이다. 산만하다는 것이야 어릴 때부터 생활기록부에도 언급이 되어 있었지만, 산만하고 주의력 없는 게 증상의 핵심인 병을 앓는 사람이 어릴 때의 기록을 차곡차곡 모아서 병원에 가져가 한 시간짜리 검사를 받는 것은 이루어질 수 없는 일이었다.

또 ADHD 자체가 지나치게 과장되고 있다는 주장을 들어 알고 있었다. 정신과 질병, 특히 정신증이 아닌 신경증은 그 기준을 정의 내리기가 상당히 까다롭다. 아직 사람들은 정신과적 문제가 어떻게 신경계의 구조, 화학적 문제와 연결되어 있는지 잘 알지 못한다. 만약 그랬다면 정신과에서도 내과에서처럼 피나 다른 액체를 뽑아 신경증 진단을 내렸겠지. 그런 정신과적 기준에서 중요한 것은 개인의 행동이 과연 사회적으로 적응적이냐는 것이다. 그런데 그 '사회적으로 적응적'임은 어떻게 평가하는가? ADHD도 문제없는 특성인데 다만 우리가 이것을 병이라고 지칭하기 때문에 특성이 아닌 병이 된 것은 아닐까?

그렇게 차일피일 미루다가 이상한 계기로 ADHD 검사를 받게 됐는데, 아주 우연히 인터넷에서 발견한 간이 ADHD 검사였다. 별 신빙성이 없는 걸 알았지만 거기서 점수가 낮게 나오면 기분이 좋을 것 같았다. 그래서 점수가 높이 나왔을까, 낮게 나왔을까? 모른다. 20개 정도 되는 질문의 답을 반쯤 체크했는데, 지나치게 집중이 안돼서 충동적으로 검사를 종료해버린 것이었다.

그때 문득 이번에는 진짜로 검사를 받아봐야겠다는 생각이 들었다. 스스로의 불가해한 산만함에 대한 설명이 필요했다. 나름대로 기록을 정리하고 병원까지 가는 데 정말 큰 각오를 해야 했다.

한 시간 동안 진행된 주의집중력 검사는 감히 내 궁핍한 언어로는 묘사가 불가능할 정도로 지루했다. 영원과 같은 한 시간을 보내고 받은 결과지에는 심너울의 억제 능력이 사실상 존재하지 않는다고 적혀 있었다. 무언가에 집중하고 있을 때 어떤 충동이 생기면 그걸 참을 수가 없다는 뜻이었다. 그제야 나는 글을 쓰다가 1분에도 몇 번씩 인터넷 브라우저로 창을 옮기는 것을 떠올렸다.

의사는 각성제를 처방하면서 말했다.

"성인 ADHD는 완치가 안 되니까, 매일 먹지는 말고 필요할 때만 드세요."

평소에는 여기저기 뻗어나가는 공상에 빠져 살다가 일을 할 때는 약의 힘으로 뚝딱 해내버리는 모습을 생각하니 내가 진짜 현대인이라도 된 것 같았다. 정신과 문제 때문에 인생의 온갖 괴로운 경험을 다 해봤는데, 병명 하나를 더 다는 것쯤이야 그렇게 부담스럽지도 않았다. 오히려 너무 성실해져서 다른 사람들이 일중독이라고 생각하면 어쩌나 고민도 했다. 이제 드디어 나는 내 정신에 깃든 의지를 자유롭게 다룰 수 있는 걸까? 드디어 나는 내 정신의 주인이 되는 걸까? 조금 설렌 채로, 기쁘게

원통 모양의 콘서타정을 삼켰다.

나는 각성제가 잘 안 받는 타입이었다. 어릴 때부터 카페인을 먹어도 몸에 별 변화가 없는 게 복선이었던 걸지도 모른다.

집중이 잘되는 것 같기는 했다. 오랜만에 제대로 청소도 할 수 있었다. 세상이 지금과는 완전히 다른 색깔로 보인다는 다른 환자들의 증언에 약간은 공감할 수 있었다. 하지만 부작용이 너무나도 심했다. 저용량 각성제를 먹어도 식욕이 보리수 밑에서 단식 수행하는 싯다르타만큼이나 깨끗하게 지워졌다. 단순히 식욕이 지워지는 정도면 나쁘지만은 않았을 것이다. 내 평생 정복할 수 없었던 다이어트의 산꼭대기에 올라볼 수 있었을지도 모른다. 하지만 식욕부진에 딸려오는 오심은 결코 달갑게 여길 수 없는 불청객이었다. 경이로운 수준의 구역감이었다. 세상에, 나는 빵 굽는 냄새를 맡고 구역질이 난다는 것을 믿을 수가 없었다.

각성제 종류를 바꿔보았지만, 생활을 못 하게 만드는 구역감은 가시지 않았다. 애초에 각성제의 종류가 적다 보니 선택지 자체가 많지 않았다. 구역감 때문에 결국 복약을 포기했다. 포기하는 것 자체는 지금껏 내가 해온 수많은 포기들과 같아 어렵지 않았다. 그냥 병원 가는 것을 까먹고 천천히 미루면 되는 것이다. 그렇게 나는 ADHD 딱지가 붙었지만 딱히 약은 먹지 않는 사람이 됐다.

좌절스러웠다. 그러면 나는 이전과 다를 바 없는 사람인 것인가? 아깝게 ADHD 검사비만 날린 것인가? 약을 먹으면 토하고 안 먹으면 집중을 못하니, 나는 아무런 성과도 내지 못하는 사람인가? 나는 내 정신의 주인이 될 수 없는가?

하지만 진단을 받고 몇 년 동안 스스로를 관찰하면서 무언가 조금은 달라졌다는 것을 느꼈다. 딱히 약을 먹지 않아도, 스스로 어떤 병이 있다고 나 자신에게 라벨을 붙이는 것 자체가 내 행동과 생각하는 방식에 변화를 주었다.

예를 들면, 간신히 붙잡은 집중을 깨뜨리는 별거 아닌 충동이 들 때 나는 마음속으로 '그래, 나는 선천적으로 주의를 집중하지 못해. 그러니 죄책감을 안 느껴도 돼'라고 말하고 굴복한다. 동시에 누군가와 대화를 나눌 때 너무나도 끼어들고 싶은 욕망을 억누르며 생각한다.

'이건 병이야. 내가 여기서 끼어들면 분명히 상대는 좋아하지 않을 거야. 머리에 힘주자고.'

진짜로 머리에 힘줘서 참아내는 데 성공하기도 한다. 대단히 피곤해지지만.

그러니 나는 ADHD라는 진단에 대한 인식을 자기합리화에 써먹어 더욱 충동에 쉽게 굴복하는 데 쓰기도 하고, 동시에 비적응적인 행동에서 벗어나는 데도 쓰기도 하는 것이다. 이 빈도는 대충 비슷한 것 같다. 집중력이라는 자원이 극도로 한정되어 있으니, 최대한 필요한 데에만 쓰기로 한 것이다. 내가 원고를 쓰다가 트위터로 집중이 튄다고 해도 마감이 코앞이 아니라면야 당장 큰 문제가 생기진 않는다. 하지만 가까워지고 싶은 사람과 이야기를 하는데 하고 싶은 말을 아예 못 참는다든지 공상에 빠진다든지 하면 문제가 당연히 생기겠지. 나름대로 최적화를 진행하고 있었던 것이다.

나는 내 한정된 집중력 자체를 바꿀 순 없다고 인정하기로 했다. 각성제 먹고 토하는 게 싫으니까 말이다. 헛된 생각에서 벗어나 좀 더 실전적으로 생각했다. 충동 자체를 제어할 수 없다면 환경이라도 바꿔보자고! 그래서 최근에 보조 모니터를 하나 사서 책상 옆에 설치했다. 앞에서 계속 설명하고 있듯이 나는 글을 쓰면서 다른 창으로 전환을 무지하게 많이 한다. 다른 창에서 딴짓을 하느라 집중력을 잃고 완전히 다른 방향으로 새어나가는 경우가 한두 번이 아니었다. 그럴 때마다 내 의지를 탓하고 괴로워하며 잠들곤 했다. 기왕 이렇게 된 바에, 아예 보조 모니터에 딴짓할 인터넷 창을 띄워놓고 주 모니터에는 어찌 됐든 일감을 띄워놓아 보기로 한 것이다.

꽤 효과가 있었다. 일단 시선에 일감이 계속 띄면 그것에 손을 댈 수밖에 없게 되었다. 나는 요즘 원고와 딴짓을 거의 동시에 진행하고 있고, 효율이 이전보다 증진했다. 원고에서 집중이 벗어나기 쉬운 만큼, 하고 있는 딴짓에서 원고로 집중이 돌아오기도 쉬운 것 아니겠나. 부디 그렇게 믿고 싶다.

조금씩 내 정신의 문제와 함께 살아가는 법을 익히고 있다. 아니, 정신의 문제라고만 말하지는 않으련다. 앞서 말했던 대로 생각이 자꾸 튀고 집중이 빠르게 흐려지는 것이 반드시 문제인지는 모르겠다. 나는 멀티태스킹에서 기쁨을 느끼고, 가끔 ADHD 특유의 과몰입이 나타날 때는 평소에 할 수 없었던 일을 해내기도 한다. 하지만 검사를 받길 잘했다고도 생각한다. 그 검사를 통해 내 마음을 조금이나마 더 이해하고 설명할 수 있게 되었다.

나는 결코 내 정신의 주인이 아니었고, 주인이 될 수도 없었다. 이전과 바뀐 것이 있다면 이제 누구도 자기 정신의 주인이 아니라고 생각한다는 것이다. 누구에게나 자신의 정신은 미지의 영역이라고 믿는다. 모두가 자기 정신이라는 객체와 타협하여, 자기 정신을 설명하고 또 더 좋아지게 하려는 과정을 죽을 때까지 겪는다고 생각한다.

지방출신자, 서울거주자, 월세생활자

2012년, 신입생이 되어 서울에 올라온 나는 그때까지 보아왔던 마산 앞바다보다 마포대교에서 인천 방향으로 바라본 한강이 더 넓게 느껴지는 것에 감탄했다. 마산 앞바다는 짠물이지만 남해의 수많은 섬들 때문에 수평선이 꽉 막혀 있다. 나(신입생)는 무시무시하게 많은 물과 한국에서 가장 크고 다채로운 도시의 마력에 순식간에 매료되었고, 순간 다짐했다. 죽음이 우리 사이를 갈라놓기 전에는 서울에서 벗어나지 않겠노라고.

그 다짐을 유지하기는 쉽지 않았다. 서울은 아름다운 동시에 위험한 도시였고, 그 음험한 내장 속에 내 한 몸 누일 곳을 찾으려면 내 피보다 비싼 돈을 내야 했다. 나는 신촌의 하숙집에서 시작해서 장장 6년 동안 월세를 쭉쭉 빨렸다. 최소 45만 원, 최대 60만 원.

처음 들어간 45만 원짜리 하숙방은 그때까지 마산에서 썼던 어느 방보다 좁았다. 싱글 침대와 작은 컴퓨터 책상이 있었고, 그 사이에 있는 빈 공간에는 의자가 간신히 들어찼다. 가정집을 개조한 하숙집이라 복도에 네 개의 방이 다닥다닥 붙어 있었고, 사생활은 없었다. 귀를 딱히 기울이지 않아도 옆방 사람의 전화 내용을 다 들을 수 있었다. 고시를 준비하는 고학번 선배들이 사는 그곳에서 찍소리도 못 내고 조용히 지내야 했다. 그래도 신입생이었으니까, 일주일에 아홉 번 정도 술을 마셨다. 나는 바깥에서 술을 죽어라 마시고 집 안에서는 속 편히 기절하는 타협점을 찾아냈다.

하지만 봄 학기가 끝나고 치명적인 문제를 발견했다. 내가 사는 4평이 안 되는 방에 에어컨이 없었던 것이다. 찜통이라는 얄팍한 묘사로는 그때 겪었던 끔찍한 더위를 반의 반도 묘사할 수 없다. 나는 방에서 뛰쳐나왔다. 이제 하숙방이라는 것 자체가 사라지고 있지만, 만약 내가 다시는 하숙방에서 지낼 수 없다면 그것은 모두 이 경험 때문일 테다.

자취방을 찾기 시작했다. 당시에는 내 사생활만 지킬 수 있으면 어디든 괜찮을 거라고 생각했다. 방을 제대로 찾아본 경험도 없었던 나는 그냥 예산안에 맞춰 공인중개사가 보여준 첫 방에 협상도 없이 바로 입주하기로 했다. 쿨 거래는 당근마켓에서는 매우 중요한 덕목이지만 부동산 시장에서는 별로 지혜로운 일이 아닌 것을. 그 공인중개사에게는 내가 즐거운 행운이었겠지.

나는 신촌 구석의 모텔촌에 위치한 4.5평짜리 자취방에 월세 50만 원을 내고 들어갔다. 하숙방에는 옵션이 침대와 책상을 제외하고는 아무것도 없기라도 했지 이 원룸은 풀 옵션이었다. 책상, 2구짜리 인덕션과 싱크대, 에어컨, 냉장고에 개인용 화장실도 있었다. 차라리 개미굴에 들어가 사는 게 훨씬 더 공간적으로 여유로운 데다 개미 친구들도 있었을 것이다. 화장실 변기에 정자세로 앉으면 벽에 무릎이 닿았다. 자연히 기도하는 자세를 취하게 되더군.

그래도 좋았다. 요리도 해 먹을 수 있었고, 노래도 부를 수 있었고, 무엇보다 에어컨이 있었다. 하지만 치안이 문제가 되었다. 앞서 말했듯 내 방은 모텔촌 한가운데 있었는데, 한 달에 최소 한 번은 누군가 몇 분 동안 내 방 현관문을 두드렸다. 좀 더 정밀하게 묘사하자면 주먹으로 쾅쾅 내리쳤다. 그럴 때마다 심장이 얼어붙는 것 같았다. 침대에서 손을 뻗으면 닿을 수 있는 싱크대에 식칼을 올려두기도 했다. 1년을 더 살고 나는 그곳을 떠났다.

당시에는 여러가지 이유로 내 우울증과 불안장애가 심각해져 있었기에 부모님은 돈을 좀 더 들이더라도 내가 넓은 방에 살기를 바랐다. 지원을 해준다면야 나로서는 당연히 거절할 이유가 없었다. 월세를 60만 원으로 상향 조정하고 한때 두 명의 사람이 살았다는 커다란 원룸에 살았다. 더블 침대가 있었던 기억이 난다. 당시의 거주 환경은 지금 생각해도 상당히 괜찮았는데, 문제는 나 자신이었다. 정신병의 근본 원인은 방이 아니었던 것이다. 그곳에서 보낸 1년은 더 이상 기억이 나지 않는다. 자느라고 6교시 수업을 다섯 번 결석했다가 F를 받았던 것 정도? 너무 우울했던 시간이라, 뇌가 스스로를 보호하려고 기억을 지워버린 것 같다.

그 이후로도 방을 두어 번 더 옮겼다. 학교를 졸업하고 나서는 108개의 계단 위에 지어진 잔혹한 고딕 성채의 3층 투룸에서 55만 원을 내고 살기도 했다. 학교를 갈 필요가 없으니까 산 위에서 마음껏 괴로워할 수 있었다. 아찔한 난방비가 기억에 남는다. 집이 제대로 단열이 안 되어 있는 데다가 비효율적인 전기

보일러를 써서 겨울철만 되면 난방비가 10만 원이 넘게 나왔던 것이다. 하긴, 가스를 태워서 전기를 만들고 그 전기로 다시 방을 데우는 것보다 가스를 태워서 바로 방을 데우는 게 훨씬 효율적이겠지! 열역학에 대해 생각해보게 하는 귀중한 경험이었지만, 피눈물을 흘릴 수밖에 없었다.

그러다 더 이상 군복무를 안 할 수가 없는 상황이 닥쳤다. 한강을 처음 봤을 때의 다짐은 온데간데없이 사라지고 이 비탄의 도시에서 더 월세를 내고 살 수는 없다는 생각이 들었다. 나는 당시에 경제적으로 무능력했고, 그때까지 월세로만 2000만 원 넘게 썼다는 생각을 하면 갑갑하고 아득했다. 나는 좀 더 집값이 싸면서도 서울과 너무 멀지는 않은 도시로 거주지를 옮겼다. 대전이었다.

대전의 집도 별로 살 만한 곳은 아니었다. 집이 끔찍한 데에는 다종다양한 이유가 있겠는데, 그 집의 문제는 습기였다. 1층이었는데 어떻게 반지하만큼 축축했는지 아직도 잘 이해가 안 간다. 곰팡이는 아무리 닦아내도 새로 증식했다. 자는 도중에 숨이 쉬어지지 않아서 갑자기 깨곤 했다. 몸이 죽겠다고 보내는 위험신호였겠지만 나는 수면제를 먹으면서 버텼다. 그래도 대전에 있는 2년 동안은 소설을 쓰면서 돈을 벌었다. 근처 사람들은 내가 서울에서 상처밖에 입지 않았으니 거기에 사는 게 어떻겠냐고 묻기도 했다. 가족은 마산으로 내려오는 것을 바라기도 했다.

서울만 포기하면, 서울에만 살지 않으면 정말 많은 것을 누릴 수 있다. 마산에 내려가면 지금까지 살았던 원룸들을 모두 합친 것보다 더 넓고 깨끗한 집에서 살 수 있다. 그곳에서는 욕조 있는 화장실이라는 진정한 사치를 누릴 수 있다. 더 이상 매달 월세를 50만 원 넘게 상납하지 않아도 된다. 저축도 많이 늘릴 수 있을 것이고, 공인중개사 사무실 앞을 지나가다가 아파트 시세를 문득 확인하고는 한숨지을 필요도 없다.

나는 서울이라는 다채로운 도시가 구석구석에 얼마나 많은 보금자리를 품고 있는지 알았다. 그리고 그 모두를 하나도 빼놓지 않고 증오하는 법 또한 아주 잘 알았다.

나는 잠시 마산으로 돌아갔다. KTX에서 내리자 닳을 대로 닳은 '가고파' 시비가 나를 반겼다. 버스를 타고 집으로 돌아가면서 시간이 멈춘 것 같다는 느낌을 받았다. 거의 7년 만에 되돌아왔는데 모든 건물들이 그대로였다. 중간중간 꺼져 빛나는 부분이 더 드문 네온사인들, 자외선 때문에 색이 완전히 벗겨진 간판들만 흐른 시간을 증거했다. 놀랍게도 죽음이 살아 숨 쉬던

바다는 많이 깨끗해져 있었다.

나는 누구를 불러서 술이라도 마시며 이야기를 나눌까 생각했다. 하지만 도저히 누굴 불러야 할지 알 수가 없었다. 마산의 외관은 그대로 남았으나, 내가 사랑하던 알맹이는 5년 동안 떨어져 지낸 사이 크게 달라져 있었다. 나와 수년을 함께 지낸 마산의 친구들은 이제 다들 뿔뿔이 흩어져 제 나름의 진로를 찾아 떠났다. 그들은 더 이상 마산에 살지도 않고, 설령 가끔 모이더라도 함께 과거를 이야기할 수는 있지만 서로의 현재는 알지 못했다. 마산에 남은 친구들은 나와 세계관이 달라도 너무 달라져 있어서 타인보다 더 멀게 느껴졌다.

서울에는 내가 가장 괴로워하던 때에 함께해준 사람들이 있고, 함께 현재와 미래를 노래하던 친구들이 있었다. 서울을 포기할 수가 없었다. 나는 서울에서 받은 게 상처뿐이라고 생각했지만, 서울에 내가 사랑하는 모든 사람들이 있었고, 서울에 내가 사랑하는 모든 것들이 있었다.

그 압도적인 풍요로움이 그리웠다. 나는 우습게도 편의점 냉장고에 있는 캔 맥주들을 보면서 그 차이를 실감했다. 우리 어머니가 사는 아파트 앞에 있는 편의점에 가면 열 개 남짓한 종류의 맥주들이 있었다. 그런데 내가 다니던 대학가 근처의 편의

점에서는 온갖 나라의 듣도 보도 못한 맥주들을 목격할 수 있었던 것이다. 내가 신경을 쓰고 싶고 누리고 싶어 하는 것들이 전부 서울에만 존재했다.

만약 내가 서울에 살지 않았더라면 그런 것을 갈구하지도 않았을 텐데. 나는 월세를 수천만 원 단위로 낸 끝에 그 커다란 도시에 영혼을 저당 잡힌 것이었다. 나는 공익 복무를 끝마치자마자 서울로 돌아왔다. 예전에 여러 번 고통받은 기억이 있던 나는 이번에는 심혈을 다해 방을 골랐다. 일주일이 살짝 넘는 여정 후 나는 서대문구 어딘가에서 만족스러운 공간을 찾아 자리잡게 되었다. 월세를 55만 원씩 내면서.

여전히 내가 서울에 뿌리를 내렸다고 말하기 힘들다. 서울에 친구들이 있고 좋아하는 장소들도 있지만, 여전히 내가 사는 이 도시를 잘 모른다. 지도를 확인하기 전까지는 중랑구가 어디인지, 송파구가 어디인지 자신 있게 말할 수 없다. 애초에 내 가족이 소유하는 공간도 없는 곳에 어떻게 감히 뿌리내릴 수 있겠나. 하지만 마산으로 돌아간다면 나는 내 삶에 결코 만족할 수 없을 것만 같다는 불쾌한 확신에 사로잡혀 있다. 내 정신은 어디에도 제대로 붙박이지 못하고 불안정하게 서울과 마산 사이의 어떤 추상적인 공간을 흘러 다닌다.

제복에서 권위를 제거하는 방법

정신병 때문에 고생을 많이 하기는 했지만, 그래도 우울증과 불안장애 덕분에 공익 판정을 받고 군 문제를 쉽게 해결할 수 있었던 것은 커다란 행운이었다. 그 생활 덕분인지는 확실하지 않지만 2년 동안 우울증도 상당히 호전되었고. 사실 그 안온한 순간은 나한테야 좋지만, 나한테만 즐거웠던 2년의 이야기를 줄줄 늘어놓는 건 어떤 사람들도 즐겁게 하지 못하리라는 확신이 있다. 다행히 당시에도 내적 갈등이 아예 없는 건 아니었다. 주요한 고민은 제복이었다. 공익 제복.

공익들이 제복을 입은 채로 일한다는 사실을 알았을 때 상당히 탐탁잖았다. 나는 제복이 권위의 상징으로 기능하는 것에,

그리고 집단에 개인을 종속시키는 것에 오래전부터 학을 떼왔다. 사람들이 제복을 입으면 개인이 아니라 집단의 사고를 하게 된다고 믿었다. 예시로는 광화문 앞에 군복을 입은 채로 모여 빨갱이를 죽여야 한다고 외치는 사람들이 있다. 국가가 독점한 무력의 상징을 입은 그들은 자신과 같은 옷을 입은 사람들 사이에서 어떤 무소불위함을 느낄 것이다.

근데 실제로 제복을 보고 나니까 그런 건 전혀 문제가 아니었다는 걸 깨달았다. 아무리 패션에 대한 감각이 없는 나 같은 사람이라도 한눈에 추악하다는 것을 느낄 수 있는 디자인을 과시하고 있었기 때문이다. 당장 지하철역에 가보면 절반쯤은 넋이 나간 표정으로 서 있는 불쌍한 공익들의 제복을 직접 확인할 수 있겠지만, 최대한 묘사해보도록 하자.

상의는 병무청이 진자주색이라고 주장하는 셔츠인데, 내가 보기에는 진자주색이라기보다는 신화적 괴수의 피와 더 비슷한 색깔 같다. 글쎄, 헤라클레스가 죽을 때 히드라 피에 적신 옷을 입었다가 그 독을 못 이겨서 끔찍하게 고통받으며 죽었다는 신화가 떠오른다고나 할까. 병무청은 이 색깔이 사회를 밝히는 등불을 상징한다고 선언했다. 내게는 번제로 바치는 희생양의 털에 엉긴 피고름처럼 보이는데…. 그 어떤 피부 톤을 가진 사람도 소화하는 게 불가능한 절묘한 지점의 색채를 찾는 것도 쉬운 일이 아니었을 것이다.

문제는 색상에서 끝나지 않는다. 상의에는 하얀 땡땡이 무늬가 여럿 수놓여 있는데, 그 무늬가 점이 아니라 독특한 모양이다. 그 모양들은 각각 자그마한 하트, 음표, 골뱅이(@), 십자가, 연필, 돋보기다. 병무청은 이것이 사회복지, 보건의료, 교육문화, 환경안전, 행정지원을 상징하는 기호라고 설명했다. 일종의 기호학적 혁신이라고 지칭할 수 있는 무늬들은 복장의 희극성을 극대화했다.

놀라운 사실은 이 제복이 1억을 투자한 '제복 개선 사업'으로 만들어진 결과물이라는 것이다. 그 피고름 셔츠는 원래 평범한 민무늬 하늘색 셔츠였다. 나는 연패라는 단어에 두 상반된 뜻이 있는 것처럼 개선이라는 단어도 두 상반된 뜻이 있지 않은가 고민하며 정부 사이트에서 해당 사업보고서를 검색해 보았다. 누군가 정보공개청구를 했는지 보고서를 직접 확인할 수 있었다. 우리 투명한 관료제에 찬사를.

제복 개선 사업은 모 대학의 패션디자인학과와 산학협력으로 진행되었다고 했다. 처음에는 그 학교에 대해 헛된 증오를 가질 뻔했는데, 사업의 진행 과정을 자세히 읽어보니 내 오해였다.

산학협력단이 만들어낸 시안은 괜찮았다. 적어도 옷 때문에 수치심을 느껴야 할 정도는 아니었다. 나는 보고서를 읽어나가면서 어떻게 이 디자인이 피고름 셔츠로 양자 도약을 하게 된 건지 알 수 있었다.

그러니까, 학교에서 만들어진 시안들을 실제로 입혀보고 선호도 조사까지 할 때는 좋았다. 그런데 병무청 고위 관료들의 '검토' 단계를 통과하자 갑자기 피고름 셔츠가 뿅 튀어나온 것이었다. 그 후 과정은 일사천리였다.

관료들이 피고름 셔츠를 시안보다 아름답다고 생각했을 것 같지는 않다. 우리가 배우지 않아도 불협화음이 듣기 안 좋은 소리라는 걸 본능적으로 아는 것처럼, 그 디자인은 인류 보편의 미의식을 직접적으로 타격하는 디자인이었으니까. 내 생각에 그들은 병무청 관료로서 가장 공익 제도의 본질에 부합하는 디자인을 만들고자 한 것 같다.

나야 편하고 좋은 시간을 보냈지만, 병사로 쓸 수 없는 몸이나 정신을 지닌 사람들을 굳이 데려다 잡무를 시키는 이 제도는 그야말로 우스꽝스럽지 않은가. 잡무가 아니라 중요한 일을 시키는 경우도 있긴 하지만 그건 또 그것대로 끔찍하다. 예를 들면 공익에게 치매 환자의 수발을 들게 시키는 일이 잦은데, 나는 이게 공익도 괴롭고, 전문성 없는 공익한테 복지 서비스를 받는 사람도 괴롭고, 자신의 노동 가치가 후려쳐지게 되는 복지사들도 괴로운 고통의 트리니티라고 믿는다.

병무청의 공식 입장이야 "대한민국의 사회복무요원 역시 다른 나라에서는 찾아볼 수 없는 대규모로 조직화된 국가 발전과 성장의 원동력임"[°] 이겠지만. 그 관료는 디자인을 통해 속내를 드러내려 한 것이다.

제복 덕에 우리 관료제에 깃든 심원한 지혜를 처음으로 목도한 나는, 그 심원한 지혜에 질린 나머지 제복을 입히는 서울의 근무지에서 도망쳐 대전으로 이사를 갔다. 새로운 근무지를 배정받았다. 다행히도 새 근무지에서는 흉측한 제복을 입히지 않았다. 거기서는 모든 것을 귀찮아할 뿐이었다. 그 지혜로운 관료제의 또다른 일면 덕에, 나는 2년 동안 추리닝을 입고 생활할 수 있었다.[°°]

°

"대한민국의 사회복무요원 역시 다른 나라에서는 찾아볼 수 없는 대규모로 조직화된 국가 발전과 성장의 원동력임." (병무청, 2018, 『사회복무요원 복무기본교육 기본과정』, 64p.) 나는 이 문장이 지나치게 골때린다고 생각하여 아직도 이 교재를 보관하고 있다.

°°

2021년 2월부터 파란색의 깔끔한 정복으로 바뀌었다. 우리가 겪었던 고통은 순수히, 어떤 관료가 은밀히 품고 있던 가학적 취향의 발로였던 것일지도.

그래도 역시 운동은 괴롭다

어릴 때부터 소아비만 문제가 있었다. 운동신경도 안 좋고, 유연하지도 않고, 앉아서 하는 것들을 좋아하는 데다가 식탐도 강했으니 필연적인 일이었다. 일자목과 척추측만증도 따라왔는데, 한때는 그런 중한 정형외과적 문제도 사소해보일 정도로 살이 쪘다. 키가 173센티미터인데 90킬로그램을 넘기도 했으니 건강이 많이 나빠졌다. 무릎에 통증도 있고, 조금만 걸어도 숨이 차고, 상당히 빨리 피로해지고.

하지만 신체 건강은 정신 건강 이슈에 비하면 부차적인 문제에 지나지 않았다. 상당히 오랫동안 심각한 수준의 신체 콤플렉스와 함께 살아왔다. 거의 20년 가까운 세월 동안 함께했으니

이 정도면 인생을 함께한 동지라고 할 만하다. 중학생 때부터 항상 움츠린 자세로 있었다. 거리를 지나는 사람들이 웃고 있으면 그게 나를 보고 비웃는 게 아닌가 지레 겁을 먹었다. 옷을 입었을 때 내 몸의 윤곽이 드러나는 게 너무나도 싫은데, 그 때문에 큰 사이즈의 옷을 사려고 하면 큰 사이즈의 옷을 사야 하는 내 꼴이 또 너무 싫었다. 내 몸을 머리끝에서부터 발끝까지 혐오하고 경멸했다. 만약 내 정신 문제의 원인들을 계량적으로 측정할 수 있다면, 아마 비만한 몸이 최소 4할은 차지할 것이다.

20대가 되고부터는 70킬로그램 초반을 유지하고 있는데, 사실 그 감량 방법도 대단히 건강하지 않았다. 극단적으로 식이를 제한해서 감량한 거니까. 그 정도 비만 상태에서 체중 자체는 금방 줄긴 했다. 몸에 붙은 지방을 지탱하기 위해 생긴 근육이 가장 먼저 빠졌고, 외관도 보기 좋지 않았다. 체중은 신체를 설명하는 데 그다지 좋은 지표가 아니다. 뭐 어쨌든 수치 덕분에 이전보다는 콤플렉스를 희석했다.

사회는 내게 운동을 하라고 말했다. 나도 외부의 압력을 어느 정도 받아들여, 최소 5년은 주변 사람들에게 "이제 나도 운동 좀 해야 하는데"라고 말은 많이 하고 다녔다. 그 발언을 처음 들은 친구들은 걱정스러운 눈빛으로 말했다.

"무슨 나쁜 일 있니? 술 마실래? 물론 사준다는 뜻은 아니라는 건 꼭 주지했으면 해."

보통 일주일 정도 지나면 친구들은 그 다짐이 딸꾹질이랑 별다른 차이가 없이 공허하다는 사실을 알고 신경을 껐다.

몇 달 전엔 색다른 반응과 맞닥뜨렸다. 칼럼니스트 심완선이 내 헛소리를 듣자마자 "좋아, 그렇다면 운동을 해야지. 혼자 운동할 엄두가 안 나면 PT를 받는 것도 괜찮아요"라고 말한 것이다. 심완선은 매주 두 번씩 꾸준히 PT를 받고 있었다. 나는 어설픈 웃음을 지으면서 일단 마음의 준비가 필요하다고 말했다. 며칠 동안은 아예 운동 이야기를 하지 않으려고 시도했으나, 심완선은 PT 이야기를 멈추지 않았다. 나는 좀 더 솔직해질 수밖에 없었다.

나는 케이크를 삼키고 말했다.

"사실 전 운동이 무서워요. 어릴 때는 운동을 하기 싫어했다면 이제는 무서워서 하기가 싫어요. 중학생 때 사람들이 내 몸을 보고 비웃지 않을까 무서워했는데, 여러 사람들이 운동을 하는 곳에 가서 삐걱대는 몸을 움직이고 있으면 그때와 똑같은 기분이 들 것 같아요. 수영이 최악이지만 헬스도 많이 싫어요."

"괜찮아. 아무도 신경 안 써요."

"누나, 머리로는 그걸 알아도 가슴으론 알지 못한다니까요. 제가 신경이 쓰여요."

심완선은 말 대신 행동으로 서사를 진행시켰다. 나는 정신적으로 귀를 붙잡힌 채 헬스장에 끌려갔다. 체육관은 내가 무서워하는 모든 것들의 총집합이었다. 귀로 흘러들어 오는 과도하게 신나는 음악. 내 정신을 묵직하게 짓누르는 운동기구들. 대단히 외향적이고 몸이 좋은 사람들. 나는 음식점에 주문 전화도 제대로 하지 못하던 가장 내향적인 시절의 나로 돌아가 있었다. 평소라면 문도 못 열어보고 도망쳤겠지만, 이번에는 내 옆에 있던 심완선이 나 대신 상담을 진행했다. 결국 시범 PT 일정이 잡혔고, 나는 체육관에서 도망치듯 빠져나왔다.

심판의 날은 너무나도 빨리 도래했다. 시범 PT 전날에는 너무 불안해서 원고를 한 자도 못 썼다. 평소에 그러듯 팽팽 미루고 나서 대는 비겁한 핑계가 아니라 정말 무서웠다. 체육관으로 향하는 내 머릿속에 온갖 고통스러운 잡념들이 떠돌아다녔다. 나는 운동기구에 짓눌리는 나와 수많은 사람들이 날 조롱하는 모습을 상상했다.

트레이너님은 나를 웃으면서 반겼다. 나는 차마 웃을 수가 없었다. 일단 인바디로 체지방과 근골격량을 쟀다. 검사지를 받아들자 내 신체를 덕지덕지 둘러싼 원죄의 무게를 적나라하게 느낄 수 있었다. 나는 같은 나이의 남성 100명 중 99등에 달하는 신체 능력을 가지고 있다고 했다. 내 몸이 기구를 사용할 준비가 전혀 되어 있지 않았기에, 나는 한 시간 동안 맨몸으로 운동했다. 어쨌든 운동기구에 짓눌릴 일은 없었다.

한 시간 동안의 맨몸운동은 순수한 고통의 정수였다. 2019년의 심너울의 운동량을 모두 모아도 그 한 시간 동안 운동한 양에 미치지 못할 것이다. 내 신체의 깊은 곳에서 웅혼한 고통의 비명이 흘러나왔다. 그나마 유일하게 위안이 되는 사실은 시간이 무시무시한 속도로 흐른다는 것 정도?

시범 PT가 끝나고, 보스턴 다이내믹스의 초기형 로봇처럼 비틀거리면서 트레이너님과 이야기를 나눴다.

"어때요, 할만한가요?"

"그럴 리가요! 제 꼴을 보셨잖아요. 전혀 할만하지 않아요. 제가 품었던 불안의 방향이 잘못됐다는 걸 알겠네요. 보세요, 불안은 상당히 고등한 인지 기능이라구요. 미래의 상황을 가정하고 그 상황에서 자신이 겪을 고통을 예측해야 하니까요. 근데 운동을 하는 동안엔 모든 감각 신경이 고통을 울부짖으니 뇌의 고등 인지가 모조리 셧다운 되네요. 주변 사람들의 시선을 신경 쓰는 게 불가능하거니와, 다른 사람들도 제각기 고통을 받고 있는데 어떻게 저를 신경 쓰겠어요. 허, 참."

할만하지 않다는 발언 뒤의 이야기를 정말로 했는지는 잘 기억이 안 난다.

"그럼 어떻게 하시겠어요?"

나는 내가 후회하리라는 것을 뻔히 알면서 말했다.

"30회 하시죠. 주 3회씩 하면 되겠네요."

일시불로 계산했다. 애초에 신용카드도 없다. 너덜너덜한 몸을 이끌고 헬스장 밖으로 걸어 나왔다. 내가 사는 집은 헬스장이랑 가깝긴 하지만 경사진 언덕 위에 있다. 그 사실을 그렇게 저주한 것은 이사 이후 처음이었다. 돌아가자마자 씻고 누웠다. 의식이 흐려졌다. 죽음보다 더 깊은 잠에 빠졌다. 하루 뒤에 나는 내가 지금까지 그 존재도 모르던 신체 곳곳의 근육들과 끔찍한 근육통을 통해 강제로 첫인사를 나눠야 했다. 인사성이 썩 좋지는 않은 녀석들이었다.

흔히 자신의 몸을 잘 알게 되는 것이 운동의 주요한 즐거움 중 하나라고 하고, 어느 정도는 이해할 수 있었지만 그래도 의구심이 들었다. 바삭한 걸 씹으면서 맥주를 마시는 즐거움보다는 훨씬 덜한 것 같은데?

그 이후 몇 달째 PT를 받고 있지만 달라진 것은 없다. 트레이너님은 매번 새로운 고통을 제시한다. 예를 들면 사이드 레터럴 레이즈라든지. 나는 2킬로그램짜리 덤벨 두 개를 쥐고 날갯짓을 하는 그 운동법을 보고 천 번도 할 수 있을 거라고 웃으면서 덤벨을 받아들었지만, 딱 열다섯 번 하고 나서 어깨에 천둥 벼락이 몰아치는 색다른 경험을 했다. 나는 다채롭게 고통받으면서 생각한다. 대체 이런 운동 방식은 누가 생각해낸 거지? 도대체 얼마나 고통을 받고 싶었으면 플랭크 자세로 수 분을 버틴다는 상상을 한 걸까? 안타깝게도 그에 대한 답은 어디서도 찾을 수 없었다.

왜 나는 그 고통을 받고도 계약서에 서명을 한 걸까? 한 시간 동안 극도의 운동 끝에 일종의 심신미약 상태에 빠진 걸까? 처음 몇 번 PT를 받을 때는 내가 왜 그랬는지 전혀 이해할 수 없었다. 이제는 좀 알 것 같기도 하다.

내가 PT를 시작한 건 내 몸을 낫게 하겠다는 다짐 때문이 아니다. 나는 체육관에서 타인의 시선에 대해 어느 정도는 신경 쓰지 않아도 된다는 것을 보았다. 그런 생각을 하는 것만으로도 정신적으로 어떤 족쇄에서 풀려나는 느낌이었다. 오랫동안 정신을 짓누르던 무게에 대한 일종의 해방감이 근 26년 만에 자발적으로 운동을 시작하는 계기가 된 것이다. 체육관에서 나는 일종의 인지행동치료를 받은 셈이다. 그러니까 '불안의 방향이 잘못되었다'는 것을 깨달았다. 여전히 수영장에 등록하는 것은 불가능하지만.

2개월 가까이 PT를 진행했다. 상상도 못한 효과지만, 부차적으로 체력이 꽤 좋아졌다. 나는 요즘 일곱 시간만 자도 하루를 괜찮은 컨디션으로 보낼 수 있다. 이건 초등학생 시절 이후 처음이다. 중학생 때부터 나는 항상 열한 시간씩 잤다. 절대로 익숙해질 수 없을 것 같던 근육통도 어느 정도 익숙해졌다. 가끔 운동을 즐기는 친구들이 "근육통의 느낌이 좋다"고 하던 그 기괴하기 그지없는 발상도 이제 납득은 하겠다. 체중도 어느 정도 줄긴 했지만, 그것보다 몸이 가끔은 생각대로 움직여준다는 사실 자체가 놀랍다.° 나는 표준적인 체형을 유지하는 내 모습을 머릿속에 그릴 수도 없기 때문에, 요즘은 체중을 줄인다는 목적보다는 체력 자체를 위해 운동을 하고 있다. 하지만 분명히 짚고 넘어가야 할 것이 있다. 그래도 역시 운동은 괴롭다.

난 살면서 단 한 번도 운동이 즐겁다고 생각해본 적이 없으며, 앞으로도 그럴 거라고 자신 있게 말할 수 있다. 이건 내가 초등학교 때 체육 시간마다 무엇이든 핑계를 대며 빠질 때부터,

중학생 때 축구를 하면 뒤에서 서성거리기만 할 때부터 정해진 숙명적 기질이었다. 건강하게 살기 위해서는 부자나 빈자나 가리지 않고 평생 동안 꾸준히 운동을 해야 한다는 비극적인 사실, 그것은 인간 삶이 필연적인 눈물 계곡이라는 것을 입증한다. 매주 세 번씩 이 세상의 잔혹한 진실과 마주 설 때마다 곡이라도 하고 싶은 기분이다. 나는 그것이야말로 우리가 삶에 내는 세금이라고 스스로를 위안한다.

그리고… 나는 일종의 콘텐츠가 되어버렸다. 트레이너님은 내가 온갖 새로운 운동을 하고 몸을 비비 꼬는 것을 보는 게 너무 재미있다고 한다. 다른 사람들은 이 정도의 리액션은 보이지 않는단다. 나를 체육관으로 데려간 심완선은 내가 PT 이야기를 할 때마다 깔깔 웃는다. 요새는 그냥 PT를 갔다 왔다는 말만 해도 웃음을 참지 못한다. 어머니는 내가 운동을 한다고 하자 "너무 울끈불끈해지면 보기 안 좋으니까 적당히 하라"는 상당히 비현실적인 조언을 했다.

°

그런데 나는 내 몸에 집중 자체를 못하겠다. 그러니까 발가락에 힘을 주라고 하면 가슴에 준 힘이 풀리고 가슴에 신경을 쓰면 다리가 무너지는 식이다. 혹시 ADHD 때문에 몸에도 완전히 집중하는 것이 불가능한 게 아닐까 가끔 생각한다. 이렇게 말하니까 좀 위안이 되는 것 같기도 하다.

우주의 죽음을 미루는 방법

최근에 칼럼니스트 심완선 씨와 친구가 되었다. 그와 나는 '세대 차이'가 있을 만한 나이의 격차가 있고, 또 같은 성과 본관을 공유한다. 서로의 전혀 다른 생김새를 고려하면, 그 사실을 희극적으로 받아들일 수 있다. 본관이라는 형식적인 개념이 얼마나 유전자와 별 상관이 없는지 적나라하게 보여주는 것이다.

성격과 행동의 양식도 판이하게 다르다. 그는 운동을 한다. 매주 두 번의 PT를 받는다. 나는 운동이 세금만큼 싫다. 꾸준한 운동을 통한 자기 관리와 납세는 내가 보기에 사실상 똑같은 행동이다. 좋은 결과를 불러온다고 합의되어 있지만, 어쨌든 그 본질은 응축된 고통의 정수라는 말이다. 아니, 내가 보기에는 운동이 더 나쁘다. 세금은 몸에 며칠 동안 가는 고통을 주지는 않기 때문이다.

그를 만날 때마다 가끔은 인간이라는 종이 얼마나 많은 스펙트럼을 포괄하는 것인지 생각을 하곤 했는데, 그 차이 덕분에 나는 그와 친해졌다. 비 오는 날에 그가 단우산을 접는 모습을 보았는데, 그는 잘못된 주름이 조금도 생기지 않도록 조심스럽게 우산을 한 켜씩 접더니 장미처럼 묶었다. 평소에 우산이 어떻게 구겨지든 아무런 신경도 쓰지 않는 나에게는 그야말로 천지가 진동하는 경험이었다. '세상에, 저 사람은 이 세상의 모든 디테일에 진지하게 신경 쓰는구나!' 같은 생각을 했다. 경의를 품었다.

정리정돈에 다다르면 우리는 같은 성씨를 넘어서 같은 생물 종이라고 보기 힘들 정도로 큰 차이를 보인다. 나는 정리정돈이란 사람이 사람답게 살기 위해서 불가피하게 해야 하는 정도만 해내면, 집 안에 적당히 공터를 만들어내는 데 성공하고 쓰레기만 잘 버리고 산다면 충분하다고 생각한다. 어쩌다 그 철학에 대해 이야기를 나누게 됐을 때, 그는 나의 지극히 옳은 학설에 대단히 신경질적인 반응을 보였다.

우리는 둘 다 물건의 '제자리'가 있다고 믿는다. 하지만 그 제

자리를 정의하는 방식과 찾아나서는 방식에 대해 서로 이견이 있는 것이다.

나는 물건의 위치에 있어 그들의 주거 이전의 자유를 무한정 인정하는 자유주의적인 자세를 취한다. 모든 물건은 자신에게 가장 어울리는 자리를 스스로 찾아나설 권리가 있으며 또 마침내 스스로 찾게 된다는, 그래서 주인은 쓰레기만 치우고 쓰는 물건은 두고 싶은 곳에 두다 보면 언젠가 역사의 필연적 진보에 따라 알아서 정리가 된다는 대단히 합목적적인 가치관이다. 나는 제자리가 있기 전에 물건이 먼저 있다고 믿고, 그 물건을 제자리라는 어떤 틀에 꿰맞출 수 없다고 믿는다.

그 이상적인 정리 상태는 비록 겉보기에는 어지러울지 모른다. 하지만 모든 물건이 주인이 기억하는 곳에 정확히 그 사용 빈도에 따라 자리잡기 때문에, 주인의 동선은 극도로 효율적이면서도 또 고유한 혼돈의 미학을 가지게 된다.° 내 책상 위에는 물티슈와 립밤과 헤어왁스와 가위와 노트와 게임 패드와 커피잔과 휴대폰 무선 충전기와 렌즈 클리닝 티슈와 수분 크림이 어지럽게 놓여 있지만 나는 눈을 꼭 감고도 그것들의 정확한 위치를 파악할 수 있다. 내 손이 기억하고 있기 때문이다. 이렇게 모인 물건들은 '심너울이 책상 위에 두고 자주 쓰는 물건'이라는 범주 빼고는 그 어떤 범주에도 끼워 넣기 힘들다. 그래서 아름답다.

심완선은 모든 물건에는 제자리가 있으며 제자리가 물건에 앞선다고 믿는, 비교적 숙명론적이면서도 보수적이고 고압적인 자세를 취한다. 그의 명예를 위해 변호하자면, 심완선은 초고에서 이 앞의 문장을 읽으면서 자신이 고압적인 게 아니라 긍휼한 공동체주의자라고 반론했다.

심완선은 제자리에 물건을 넣어두는 데서 즐거움을 느낀다. 그의 정리 철학은 내 연약한 두뇌가 이해하기에는 너무 복잡하고 괴로운 개념이라 상세하게 설명하기가 힘드니 사례로 보이도록 하겠다. 한번은 그의 집에 놀러 갔는데, 나는 내가 일종의 모델하우스에 잘못 들어오지 않았나 생각했다. 그 좁은 공간에 수많은 물건들이 무시무시한 효율과 일관성으로 차곡차곡 쌓여 있었던 것이다. 내가 보기에는 아무래도 기계적이고 차가운 인간 소외 현상을 떠올리게 하지만, 그것에 질서의 미학이 있었다는 것을 부정하기 힘들다.

하지만 생각해보라. 나의 정리 철학은 우주의 수명을 늘린다. 우주는 모든 에너지가 쓸데없는 열에너지로 화하고 모든 입자가 균등하게 퍼져 그 어떤 변화도 없는 궁극적 열평형의 순간이 도달했을 때, 즉 엔트로피가 최대치가 됐을 때 죽는다. 그리고 우리 사람이 움직일 때, 세포 내에 ATP의 형태로 저장된 화학에너지가 운동에너지로 변환되고, 그중 대부분의 에너지는 폐열이 되어 발산한다. 움직일수록 우주의 죽음이 앞당겨지는 것이다! 정리는 우주의 죽음을 앞당기는 행위며, 나는 우주를 지키고 있다. 나의 의도는 고귀하다. 누가 이 완벽한 열역학적 논리를 공격할 수 있겠나?

어쨌든 그가 정리를 열심히 하면서 우주의 열죽음을 앞당기고 있다는 것은 확실하다.

지금 쓰기만 해도 충격에 심박수가 급증하는 이야기를 하겠다. 나와 그는 둘 다 글을 쓰고 읽으며, 독서가 삶의 중심에 있는 사람들이다. 그와 나는 취향에서 공유하는 바가 많고, 그는 내 원고를 대부분 (이것도 포함해) 읽었다. 여기서 아무리 사람이 달라도 결국 끼리끼리 모인다는 교훈을 얻을 수도 있겠다. 하여튼 가장 중요한 내용은, 그는 자기 책을 도서관의 사서들이 이용하는 십진분류법에 따라 분류하여 꽂는다는 것이다. 자신의 수많은 책들 중 하나를 탐색할 때 그 분류법을 이용한 덕분에 편리하다고 그는 주장한다. 세상에!

나도 대분류에 따라서 책의 위치를 다르게 하는 정도의 성의

야 들이지만, 어떤 분류체계에 따라서 책을 의도적으로 정리한다는 것은 그야말로 상상도 하지 못할 수고다. 나는 내 책장 속 책들의 위치를 대충 외우고 있다. 물론 책장 앞에 서서 책을 좀 찾아야 하긴 하지만. 그러나 그 탐색의 과정 속에서 책장 속의 다른 책들을 본다. 내가 아직 읽지 않은 책들과, 사놓고 영영 읽지 않을 수도 있는 책을 본다. 얼마나 아름다운 일인가? 이를 통해 나는 아무도 읽지 않고 헌책방으로 달려가는 슬픈 운명의 책을 구원할 수 있고, 이미 읽은 책의 제목을 보는 것만으로 이전에 얻지 못했던 영감을 새로이 느낄 수도 있다. 거기다 나는 내게 중요한 책들은 가장 잘 보이는 곳에 아무렇게나 꽂아놓는다. 이것은 체계적인 십진분류법에서는 결코 누릴 수 없는 호사다.

나는 이제 자랑스럽고 합당하며 틀린 점이라고는 조금도 없는 주장을 끝냈다. A=B이고 B=C일 때 A=C라는 명제에 버금가는. 하지만 심완선의 명예를 위해 그가 꼭 덧붙이라고 한 이야기를 더하겠다.

내가 한번 놀러 간 것처럼, 심완선도 언제 한번 내 집에 놀러 왔다. 나는 내 방식의 인간적인 아름다움을 설파하고자 책장을 자랑했다. 그는 내가 하는 말을 완전한 백색 소음으로 취급하면서, 책꽂이에 담겨 있는 내 영혼을 살펴보았다. 나는 정리에 대한 이야기를 포기하고 책 한 권을 뽑았다. 그 책이 무엇인지 정확히 기억한다. 장강명 작가의 『지극히 사적인 초능력』 동네책방 에디션이었다.

나는 별생각 없이 그 소설에 대한 가벼운 감상을 이야기하면서 책을 펼쳤다. 책 안에 웬 소책자가 들어 있었다. 하지만 (나와 함께 일한 적도 있는) 이 출판사는 소책자를 따로 넣는 곳이 아닌데? 의아해하면서 소책자를 집어 들었다. 그리고 입을 벌렸다.

그 소책자는 내가 이전에 5만 원 넘는 돈을 주고 구매한 한컴오피스 2018의 제품번호 KEY 팸플릿이었다. 나는 그것을 어느 순간 잃어버렸고, 내 집을 지배한 혼돈 속에서 영광스러운 탐색을 거쳤으나 결국 찾지 못했다. 하필이면 그게 그 순간 등장한 것이었다. 나는 이걸 잃어버렸다고 생각하고 피눈물을 흘리며 다시 샀던 과거를 떠올리고는 비명을 질렀다.

"아니, 나는 정말 잃어버린 줄 알았는데요! 이게 왜 여기에 있는 거야!"

심완선은 기쁨과 조롱이 뒤섞인 환한 웃음을 지으면서 비명을 지르고 있는 나를 바라보다가 입을 열었다.

"그러니까 평소에 정리를 잘했어야지."

하지만 나는 아직도 아름다움에는 대가를 바쳐야 한다고 생각한다. 적어도 나는 우주의 열죽음을 미루고 있으니까. 그리고 그 팸플릿도 결국 제자리를 찾지 않았나.

°

나는 이 정리 문제도 ADHD 때문이라고 생각했는데, ADHD 환자이자 동료인 작가 정지음은 정리를 꽤 잘하는 편이다. 본인은 서랍에 전부 밀어넣는 것에 지나지 않는다고 말하지만, 그것도 대단해 보이는데. 여튼 ADHD에 내 모든 끔찍함을 미루지는 말아야겠다.

가족과 정치를 이야기하기

아버지가 일상 유튜브를 시작하겠다고 말했다. 아버지는 마산에서 펜션업을 하면서 목가적인 전원 생활을 누리고 있는데, 이걸 사람들한테 보여주고 싶다는 것이다.[°] 쯔양의 먹방이 월수익 1억을 벌어들인다는 데 깊은 감명을 받았다고 한다. 바닷가 펜션 이야기와 월 1억이라….

내가 보기에 우리 아버지의 유튜브가 천 명 넘는 구독자를 끌어오려면, 답은 하나뿐이다. 우리 가족이 정치 이야기를 하면서 계속 싸우는 콘텐츠로 승부를 보는 것이다. 자, 그 위대한 성전의 패널을 다음과 같이 구상해본다.

어머니(교사): 마산 거주, 가족 내 유일한 석사, 인텔리. 청년 시절에 전교조 활동을 했고, 적극적으로 정치에 참여했으나 이제는 환멸을 느껴서 아무 관심이 없음. 노후를 아파트에서 안정적으로 보내는 것이 목표. 인터넷 안 함.

아버지(펜션업): 마산 거주, 심씨 종친회 업무에 적극적으로 참여할 정도의 전통주의자. 집에 박정희 사진만 안 걸어놓았을 뿐 강력한 권위에 대한 향수를 가지고 있음. 다음 카페 등 인터넷 커뮤니티에 적극적으로 참여하는 편.

형(사무직): 마산 거주, 기혼, 아들 있음. 일반적인 지방 화이트칼라로 느슨한 민주당 지지자. 아버지랑 맨날 싸우지만 정작 가족 일에는 적극적으로 나서는 편. 3~40대 남성들이 많은 인터넷 커뮤니티를 조금 하는 편인 듯?

나(예술충): 가족 내 유일하게 서울에서 자취하는 20대. 전통적인 관습 전반을 혐오함. 정의당에 투표하지만 직접적인 정치적 행동을 할 정도는 아닌 느슨한 지지자. 관습을 혐오하는 개인주의자라면서 정작 고된 일은 가족에게 많이 의지하는 면모 있음. 하드한 트위터 유저.

우리 가족의 단톡방은 영원의 전쟁터다. 낮은 기억력을 묘사하는 데 애꿎은 동물들을 써먹을 필요가 없다. 뻔히 싸울 걸 알면서도 정치 주제를 꺼내는 우리들이 있으니까. 보통은 아버지가 다른 단톡방에서 도는 무언가를 가져오면 형이 화를 내고, 내가 참지 못하고 비아냥대기 시작한다. 형이 어떤 뉴스를 가져오면 내가 투덜대다가 결국 단톡방에 불이 붙는 경우도 있고.

당연히 아무리 싸워도 서로 설득이 될 리가 없다. 내가 보기에는 어머니가 가장 현명하다. 아무 소득도 없는 진흙탕에 굳이 발을 들이밀어 하루를 엉망으로 만들지 않으니까.

그래도 아버지는 꼭 조금이라도 설득하고 싶었다. 이념에 대해 이야기를 나누다가 머리가 과열되어 폭발하기 일보 직전에 이르는 날이 하루이틀이 아니었다. 형은 내가 기를 쓰고 말하는 여러 이슈들의 존재는 감지하고 있지만 그 중요성을 나와 다르게 생각한다면, 아버지는 그런 문제가 존재한다는 인식 자체를 못한다. 아버지가 무심하게 툭툭 던지는 한마디 한마디가 나를 빙글 돌게 만든다.

사실 몇 년 전까지는 정말 말을 잘하면 설득이 가능할 거라고 생각했다. 정치적 신념은 내 세계관을 구성하는 요소 중에서도 특히 중요하니까. 가족은 내가 어찌할 수 없이 맺었고 탈출할 수 없는 관계니까, 이왕이면 세계관을 공유할 수 있다면 더 좋지 않을까? 유튜브에 난립하는 증오가 적나라한 가짜 뉴스들을 보는 사람을 목격하면 비릿한 미소를 짓게 되는데, 가족이 그러고 있으면 비릿한 미소를 짓는 정도에서 이야기가 끝나지 않는다. 민망하단 말이다.

그리고 세상의 모든 사람들이 공유하는, '좋은 세상'에 대한 합의된 개념이 있다고 믿었다. 이왕이면 모두가 공평하게 살아가는 뭐 그런 세상이 이상적이라고 생각하리라 확신했다. 특히 태어났을 때부터 어쩔 수 없는 것 때문에 차별받는 것은 모두가 나쁘다고 생각하리라 확신했다.

하지만 이제 아버지의 신념 자체를 바꾸려는 시도는 포기했다. 그러니까, 19대 대선 이후로. 아주 크게 싸워서 호적을 팠다거나 한 건 아니고.

19대 대선은 나의 첫 번째 대선이었고, 나는 마음 편히 심상정 씨에게 투표했다. 사전 투표 결과만 보아도 내가 기대하고 예상했던 결과 그대로였다. 백두산 화산이 분화하는 정도의 예상치 못한 변수가 생겨도 그와 별다르지 않은 결과가 나왔을 것이다. 만약 대등한 싸움이었다면 미적지근한 지지자인 나는 꽤 고뇌를 했을지도 모르겠다. 나는 친구들과 미래에 대한 이야기를 나누면서 하루를 보냈다.

며칠 뒤에 나는 마산으로 잠시 내려가게 되었다. 고향으로 내려가기 전에는 항상 각오를 다져야 하지만, 그때는 특히 중대한 마음의 준비를 해야 했다. 대선이라는 빅 이벤트가 있었으니까. 이번에는 식탁에서 무슨 이야기가 나와도 그냥 듣기로 했다. 신경을 끌 만반의 태세를 갖췄다. 아버지가 누굴 뽑았다고 해도 담담히 받아들일 준비를 해야 했다.

그리고 대선 이야기가 나오고야 말았다. 나는 그냥 아무 기대도 않고 물었다.

"아버지는 누구를 뽑으셨죠? 저는 심상정 씨 뽑았는데요."

그 어떤 이야기를 들어도 당황하지 않을 거라고 확신했다. 아버지의 입이 열렸다.

"그렇구나, 잘했다. 나도 그랬니라."

나는 당황을 숨길 수 없었다.

"예?"

나는 우리 우주의 균열 사이로 흘러나오는 신비를 목도한 느낌을 받았다. 오랜만에 서울에서 내려온 아들과 굳이 싸우고 싶지 않아서 거짓말을 했나 하는 생각도 했다. 그런데 아버지는 아예 함구를 하면 했지 그렇게 적극적인 거짓을 지어낼 사람은 아니었다. 내가 도저히 말을 자아내지 못해서 얼떨떨해 하는 동안 아버지가 그 이유를 설명했다.

"같은 성씨끼리 밀어줘야 하지 않겠나."

상당히 간단명료하면서도 동시에 깊은 함의를 품고 있는 한 마디였다. 아, 맞다. 심씨는 대부분 본관이 청송 심씨다. 하지만… 그게 어째서 중요하지? 나? 나로 말하자면 당장 내일부터 성씨란 제도가 완전히 폐지되어도 상관이 없는, 아니, 오히려 반길 사람이다. 가부장적이잖아. 나의 머릿속에 계속 한 단어가 떠돌아다녔다. 봉건사회, 봉건사회, 봉건사회 …. 아버지는 나와 같은 후보에 투표하면서도 극단적으로 평행한 시상을 가질 수 있다는 사실을 적나라하게 보여주었다.

나는 정치가 이해관계를 둘러싼 갈등과 대립을 조정해나가는 과정이라고 생각했다. 그런데 우리는 이해에 대한 인식 자체가 너무 달랐다. 나는 뭘 해도 어찌할 수 없는 것 때문에 차이를 두는 건 대단히 부당한 일이라는 간단한 개인 철학을 기반에 깔고 살아왔다. 그에 반해 우리 아버지에게 타고난 건 인간을 판단하는 아주 중요한 기준이었다. 그러니까 그동안의 수많은 말싸움은 장기말로 바둑돌을 이기려고 하는 짓이었던 것이다.

이제 나는 아버지의 세계와, 다른 사람들의 정치관을 굳이 이해하려고 노력하지 않는다. 좌절이라기보다는 담담한 수용에 가깝다고 본다. 어차피 나는 결코 다른 사람들이 살았던 시간을 완전히 공유할 수 없을 것이다.

적어도 심상정 씨가 심씨라는 건 합의된 사실 아닌가? 아예 거짓된 글이나 영상을 공유하지만 않으면 이제 괜찮다. 예전보다는 덜 비아냥대도록 노력하고 있다. 아버지는 심장병이 있고, 이건 집안 내력이다. 나는 당장 내일 청송 심씨 대종회 건물이 폭삭 무너지든 말든 인명 피해만 없다면 전혀 신경 쓸 생각이 없지만, 내 유전자에 있을지도 모르는 그 자폭 버튼에는 대단히 신경을 쓰고 있다. 우리 가족 모두의 건강을 위해 스트레스를 줄이는 편이 좋을 것이다.

∘

아버지의 야심찬 유튜브 도전은 시작도 하기 전에 끝났다. 아버지가 형에게 영상 편집을 가르쳐줄 것을 요구했고, 당연히 형은 줄행랑을 쳤다.

나의 가장 성스러운 수술

2020년 초에, 앉을 때마다 엉덩이에 뭔가 걸리적거리는 느낌이 들었다. 손가락 끝에 살짝 묵직한 덩어리가 잡혔다. 피지낭종인 듯 했다. 처음에는 그 이상의 느낌은 전혀 없었고 오래 앉아 있다 보면 자연스럽게 잊혔는데, 언제부터인가 조금씩 따끔거리기 시작했다. 인터넷에 검색해보니 병원에서 수술을 받아야 한다고 했다. 나는 엉덩이를 까는 게 부담스러웠고, 그걸 혼자서 짤 수 있다고 생각하고 손으로 짓이겼다.

엉덩이가 불타는 느낌이었다. 내 인생에서 가장 고통스러웠던 경험은 중학생 때 집에서 혼자 만두를 튀기다가 배에 끓는 기름을 쏟은 것이었는데, 거기서 한 다섯 단계쯤 내리면 피지낭

종을 스스로 터뜨리는 고통과 비슷한 것 같다. 앉을 때마다 바늘로 헤집는 듯한 고통이 찾아왔다. 피지낭종은 절대 그런 식으로 짜면 안 된다는 귀한 교훈을 얻고, 가까운 외과를 찾았다.

접수를 마치고 나는 서서 기다렸다. 병원의 벽에는 구약의 잠언에서 발췌한 구절이 적혀 있었다.° 개인병원에서는 심심찮게 보이는 모습이다. 신촌에 살 적에 꽤 오래 다녔던 정신과 병원의 의사가 독실한 개신교 신자였던 것을 떠올렸다. 그에게 진료받을 때 우리는 여러 사회 문제에 대해 정반대되는 견지를 고수했고 많은 설전을 벌였다. 이미 2년 가까이 된 이야기였고, 이제 별다른 유감도 남아 있지 않았다.

나는 어떤 종교든 간에 믿을 수가 없는 종류에 속하는 사람이다. 현실에서 이뤄질 수 없는 이적에 대한 이야기를 들으면 당장에 거부감부터 든다. 솔직히 말하자면, 20대 초까지는 종교를 가지고 있는 사람들이 바보 같다고 생각했다. 나는 전투적인 무신론자기도 했다. 종교를 가진 사람들에 대한 경멸을 서슴없이 드러내고 그 사람들을 소위 이성의 불꽃으로 정화해야 한다고 믿는. 그리하여 종교가 깨끗이 씻겨나간 합리적인 세상의 비전을 보는… 어휴, 부끄러워라.

사람 생각은 항상 오락가락하는 것이고 나는 내 과거에 심각한 부끄러움을 느끼기 때문에, 나이가 좀 들어서는 종교 커뮤니티를 부러워하게도 되었다. 나는 세상이 항상 그럭저럭 살기에 나쁜 곳이라는 믿음을 가졌는데, 영성과 신념을 가진 사람들은 마음속에 꺾이지 않는 희망이 있는 것처럼 보였다. 현실의 내게 어떤 나쁜 일이 벌어지든 결국 모든 일은 합당한 대가를 받으리라는 희망. 그리고 어떤 일이 있어도 돌아갈 수 있는 종교 커뮤니티에 대한 든든한 기대. 세상에는 그 두 가지만으로 기적이란 단어가 어울리는 위업을 이루는 사람들도 있지 않은가? 경전에서 위안을 얻을 수 있는 사람들이 부러웠다.

한때는 적극적으로 신앙을 가지려고 노력해보았지만 성공하지 못했다. 의심 없이 반드시 믿어야 하는 교리의 영역에서 나는 항상 걸려 넘어졌다. 그러한 신념을 가질 수 있는 것도 어떤 재능의 영역이라고 생각하기 시작했다.

잡념은 거기에서 끊겼고 나는 진료실로 불려갔다. 초음파 사진을 찍었고, 엉덩이에 커다란 검은색 공터가 보였다. 그게 낭종이라고 의사는 친절하게 설명해주었다. 바로 수술을 하기로 했다. 나는 터덜터덜 수술실로 걸어갔다. 수술대 위에 엎드려서 엉덩이를 까고 마취 주사를 맞았다. 생각보다 훨씬 더 수치스러웠다. 수술 전에 손가락에 꽂는 센서가 빠져나가서 삐이이이 하는 소리가 잠시 울렸다. 어쩌면 그것이 그 뒤에 이어질 참혹한 운명의 복선이었을지도.

곧 그 의사가 다시 걸어 들어왔다. 나는 질끈 눈을 감았다. 그리고 의사는 내 엉덩이에 두 손을 올리더니, 기도를 하기 시작했다.

나는 두 눈을 떴다. 떴다기보다는 '눈이 튀어나오려고 해서 어쩔 수 없이 눈꺼풀을 개방했다'라는 표현이 더욱 어울릴 것 같다. 진심으로 내 귀를 의심했지만, 꿈이 아니었다. 그는 하늘에 빌고 있었다! 주께 자신의 손을 날렵히 인도하여 낭종의 뿌리를 색출해낼 것을 청원하고 있었다. 수술이 성공적으로 끝나 내가 건강을 되찾기를 간청하고 있었다. 나는 엉덩이를 깐 채 엎드려서 수치를 곱씹고, 그 위에서 의사는 신께 다이렉트 메시지를 보내고 있나니, 내가 쓴 그 어떤 소설에도 이만큼 초현실적인 장면은 없었다.

나는 마음속으로 언젠가 이 이야기를 반드시 쓰겠다고 마음먹었다. 기도 덕인지 아닌지는 잘 모르겠지만, 수술은 신속하고 별문제 없이 끝났다. 육체적으로는 아무 무리 없었지만 정신적으로는 상당히 고됐다. 터덜터덜 걸어 나와 계산을 하고 보험사에 낼 서류를 뗐다. 앞으로는 엉덩이를 열심히 관리해야겠다고 각오를 다지면서, 벽에 인쇄된 성경 구절을 다시 읽었다.

지금이야 웃으면서 이야기할 수 있지만, 당시에는 정말로 당황스럽고 불쾌했다. 나는 생전 처음 보는 타인에게 치부를 드러내고 그 사람이 칼끝을 댈 수 있도록 하는 중이었다. 그런 상황에서 신앙이라는 지극히 개인적인 면모에 대해서는 알고 싶지도 않고 알 필요도 없었다. 엉덩이에 두 손을 올릴 필요는 더더욱 없었고! 그것은 지나치게 무신경한 행동이었다.

어쩌면 수술 전에 읽은 성경 구절 때문에 조금 낭만적으로 생각했지 않았나 싶다. 영성은 분명히 한 사람에게 평온을 줄 수 있고 정말로 기적적으로 느껴지는 위업을 이루게 할 수도 있다. 하지만 어쨌든 그 신념이 개인의 영역 밖으로 비집고 나오면 불쾌해질 수밖에 없었다.

하긴, 따지고 보면 결국 종교의 문제가 아닌 것 같았다. 내 엉덩이에 손을 올리고 기도한 것처럼 "네가 신을 믿지 않아 원죄에서 구원받지 못해 지옥에 떨어질 것 같아 불쌍하게 여긴다"고 말하던 어떤 기독교인이나, 내가 한때 모든 종교인들을 싸잡아 비이성적인 야만인으로 생각하고 그들을 구하려 했던 것이나 뭐가 그리 다를까? 그냥 문명인이라면 숨겨야 할 추잡한 면모가 신념을 통해 드러났을 뿐이지. 어쨌든 신념이 추잡함을 가려준다고 믿지는 말아야겠다고, 어기적어기적 집에 걸어가면서 생각했다.

∘

16장 9절이었다. "사람이 마음으로 자기의 길을 계획할지라도 그의 걸음을 인도하시는 이는 여호와시니라…" 흠. 그가 메스를 들고 기도한 것은 그 때문일까….

아이패드를 택시에 두고 내리다

2020년 11월의 저녁, 회의 중에 나는 아이패드(이름: 납작이)를 잃어버렸다는 것을 깨달았다. 작년에 선물 받은 납작이는 내가 휴대할 수 있는 동산 중에서는 가장 비싼 물건이었다. 나는 커다란 충격을 받으면 온몸에 힘이 풀리고 감각이 흐려진다는 이야기가 결코 과장된 말이 아님을 절절히 깨달았다. 진행 중이던 회의에서는 원고 협업 이야기를 하고 있었는데, 내 정신은 모든 게 헛되고 헛되며 헛되기 그지없다는 생각을 제하고 그 어떤 유의미한 사고도 자아내지 못했다.

동료 작가분들은 내 눈동자가 급격히 어두워지는 것을 보고 일단 물을 먹였다. 모두가 이토록 큰 불행이 닥친 이상 당장 회의를 진행할 수 없다는 데 합의했다. 나는 내 육체에서 질질 새어나가는 정신을 애써 수습하고 그날의 경로를 따져보았다. 두 군데에 전화를 돌리고 보니 택시에 아이패드를 놓고 온 것이 분명했다. 다행히 앱을 이용해서 택시를 탔기 때문에 나는 택시 기사님의 전화번호를 곧장 알 수 있었다. 그제야 마음속에 희망이 조금씩 차올랐다. 오, 고통과 기쁨이 혼재한 우리의 감시 사회여.

하지만 이어진 통화는 기대했던 만큼 유쾌하지 않았다. 기사님은 그런 물건이 차 안에 없었다는 말을 하고 전화를 곧바로 끊었다. 간절한 문자를 보냈지만 아무런 답장도 오지 않았다.

나는 간신히 부여잡고 있던 정신줄을 또다시 놓쳐버렸다. 미약한 희망이 차오른 상황에서 좌절하니 충격이 더 컸다. 혹시라도 집에 가면 아이패드가 날 기다리고 있지는 않을까, 현실을 부정하면서 집으로 돌아갔다. 방구석에서 날 기다리고 있던 USB-C 충전용 케이블이 말을 걸었다.

"주인님, 돌아오셨군요. 제 짝꿍 납작이는 어디에 있나요?"

인터넷에는 셀룰러 데이터에 연결되지 않은 태블릿을 택시에 두고 내린 이상 이번 생에서의 인연은 포기하는 것이 낫다는 파멸의 예언이 가득했다. 그런 택시 내 분실물 중 잠금이 걸려 있는 태블릿의 경우 부품 단위로 분해돼서 전 세계로 팔려 나간다는 흉흉한 이야기도 들었다. 그 순간부터 내 마음속에 있던 절망이 분노로 치환되었다. 나는 몇 시간 전에 기사님과 했던 통화의 한마디 한마디를 곱씹었다. 왜 그렇게 퉁명스러운 태도였지? 왜 문자에 답하지 않은 걸까? 온갖 악몽이 혼재한 잠에 빠져들 때쯤 마음속에서 기사님은 이미 악의 화신이 되어 있었다.

전화벨 소리 때문에 알람보다 일찍 깼다. 저장되어 있지 않은 번호였다. 나는 짜증을 잔뜩 내면서 전화를 받았다가 전날 밤에 들은 익숙한 목소리를 들었다. 기사님이었다. 정신이 확 깼다. 원래 새벽과 오전에 운행하기 때문에 어제는 답하기가 힘들었고 오늘 아침에 그 뒤에 탄 사람에게 전화를 했다는 것이었다. 그는 처음에는 시치미를 뗐지만 경찰과 차내 블랙박스에 대한 언급이 나오자 마술처럼 선량한 시민으로 변했다.

한 시간 뒤에 기사님께서 납작이를 직접 가져오셨다. 납작이를 가동하자 몇 시간 뒤에나 잠금을 해제할 수 있다는 메시지가 떴다. 누군가 사실상 불가능한 확률을 뚫고 패스워드를 맞혀보려고 한 것이 틀림없었다. 세상에 악의는 존재했지만, 내가 어림짐작한 곳에는 없었다.

송구함과 민망함에 사례금을 많이 드렸다. 하지만 마음에 내린 무게는 가시질 않았다.

ㅇ

이건 『한국일보』에 올리기도 한 글인데, 『한국일보』에 쓴 글 중에서 가장 욕을 많이 먹었다. 신문에 일기를 쓰고 자빠졌다는 사람들이 많았다. 그런데 솔직히 할 말이 없었다. 흑흑.

확진자 밀접접촉 통보를 받고 나는 이걸 소재로 쓰자고 생각했다

어느 토요일 오후, 코로나19 무증상 확진자의 접촉자가 되었다는 통보를 받았다. 전화기 너머로 들려오는 역학조사관의 목소리는 많이 지쳐 보였다. 선별진료소로 가니 더 이상 사람을 받지 않았다. 일요일에 검사를 받기로 하고 집으로 돌아왔다. 그때까지는 별반 현실감이 느껴지지 않았다. 내게는 아무 증상도 없었다. 매트리스 위에 누워서 생각했다. 양성 판정을 받으면 어떡하지? 생활치료센터로 끌려가면 이걸 소재로 써서 이번 달 칼럼부터 당장 막아야겠다는 조금 생산적인 결심부터 했다.

일요일 오전 10시에 선별진료소로 향했다. 차가운 북풍이 불었다. 여러 사람들이 띄엄띄엄 떨어져서 줄을 서 있었다. 적나라하게 기침을 하는 사람을 중심으로 커다란 공동이 형성되어 있었다. 그걸 보니까 갑자기 두뇌 어딘가에서 푹 자고 있던 현실 인식 회로가 오랜만에 가열차게 돌아갔다. 나는 집에서 일했지만 몇몇 공동 시설을 사용했다. 갑자기 마스크가 그 어떤 것도 막을 수 없을 것처럼 얄팍하게 느껴졌다. 내가 양성이면 한 달 동안 칩거하며 공부만 하다가 이번 주에 나를 만난 친구에게 병을 옮길 수 있으리라는 걸 생각했다.

20분 정도 기다린 뒤에 검사를 받았다. 코로나 바이러스 검체는 코와 목구멍에서 채취하는데, 나는 코 검사의 기억이 상당히 각별했다. 이 검사 과정은 결코 잊지 못할 추억을 선사한다는 점에서 디즈니랜드와 비슷한데, 내 손과 길이가 같은 면봉을 코에 쑥 집어넣는다. '이쯤 됐겠지' 하고 생각하는 순간에 면봉이 더 비집고 들어온다. 코로나가 중추신경계를 감염시킨다는데, 정말 뇌 일부를 뜯어가는 검사라고 해도 믿을 수 있을 것 같았다. 반사적으로 켁켁대면서 눈물을 흘렸다. 나는 기도로 향하는 코의 통로가 그렇게 머릿속에 깊숙이 뻗어 있다는 것을 처음 알았다. 내 머릿속에 이렇게 커다란 빈 공간이 있다니. 나는 코에 직접 면봉을 꽂는 방식을 사용하는 자가 진단 키트는 이제 도저히 믿을 수가 없게 되었다. 코에 롱기누스의 창이 꽂힌 느낌이었는데 그걸 혼자서 해낼 만큼 강인한 의지를 가진 자는 대한민국에 1만 명도 안 될 것 같다.

검사 결과는 하루 뒤에 나온다고 했다. 어쨌든 그 괴로운 검사 덕에 나는 이 모든 것이 꿈이나 가상이 아니라 실제로 벌어지고 있는 현실임을 분명히 직감할 수 있게 되었다. 나는 무증상 확진자와 접촉했다. 양성이 나올 확률이 있다. 양성이면 다른 사람들에게 전염시켰을 수도 있다.

집에 돌아오니 무기력했다. 생활치료센터로 끌려가면 이걸로 이번 달 칼럼 마감이나 막아야겠다는 생산적인 다짐은 이미 내 정신 속에서 깔끔하게 사라졌다. 언제나 삐걱대던 내 몸이 갑자기 뭔가 잘못된 것처럼 느껴졌다. 혹시 이미 내 일상의 일부가 되어버려 이제 없어지면 더 어색할 것 같은 고질적인 어깨 뭉침은 내 자세 때문이 아니라 2020년을 정의하는 그 바이러스 때문 아닐까? 혹시 난 지금 너무 발열이 심한 상태고 심각한 발열 때문에 뇌세포가 버티지 못해 마침내 환영을 보고 있는데 그 환영이 바로 정상 체온을 가리키고 있는 것 아닐까? 내가 점심에 설사를 한 건 어제 기름이 든 요리를 너무 과도히 먹었기 때문이 아니라 바이러스 때문 아닐까?

원래 병적인 불안이 있지만 이 정도로 심각한 불안은 정말로 오랜만이었다. 불안이 극심한 사람은 그 누구보다 훌륭한 이야기꾼이 된다. 영혼을 잠식한 불안은 내 머릿속에 온갖 파국적인 시나리오를 제시했다. 나는 내가 멸망의 구렁텅이로 빠져드는 수십 개의 경우의 수를 떠올렸다. 예를 들면 서대문 N번이 울트라 전파자가 된다든가 하는 식으로. 만약 내가 본업에서 이렇게 갈등을 깊고 세밀하게 만들 수 있었다면 내 책이 적어도 두 배는 더 팔렸을 것이다.

인터넷에 무증상 확진자의 전파력을 검색해보고, 향초 세 개에 불을 붙인 뒤 냄새를 맡을 수 있는지 확인하다가 이러다 제 명에 못 죽지 싶었다. 일찍 잠자리에 들려고 시도했다. 비몽사몽 중에 온갖 기괴한 꿈을 꿨다. 가장 인상적이었던 꿈속에서, 나는 최근에 도수 치료를 일주일에 두 번씩 받고 있는 병원에 질질 끌려 들어갔다. 그곳에서 나는 수많은 사람들에게 둘러싸여 화형대 위에 속박되었다. 다행히 꿈속에서 불타는 것은 전혀 아프지 않았다. 그런데 이런 악몽을 꾼 게 얼마 만이었지? 우울증이 가장 심했던 시절에나 꾸던 꿈이었는데.

다음 날 새벽 5시 반에 깼다. 평소에 잠들고 싶을 때 꺼내곤 하는 러셀의 『서양철학사』를 읽었고, 놀랍게도 나는 밀레토스 학파의 이야기를 처음부터 끝까지 잠들지 않고 읽는 데 성공했다. 그냥 누워서 억지로 눈을 감았다. 이번에는 꿈도 못 꾸고 반쯤 잠든 의식이 불안과 공허 사이를 끊임없이 떠돌았다.

보건소에서 문자가 왔다. 음성이었다.

조금밖에 안도할 수 없다는 게 놀라웠다. 평소라면 또 쓸데없이 설레발을 쳤다고 웃고 넘어갔을지도 모르지만, 이 짜릿한 경험은 역병을 바라보는 시점 자체를 완전히 바꿔놓았다. 이전에는 일단 내가 할 수 있는 선에서 할 건 하되 설령 걸린다면 어쩔 수 없다는 생각으로 살았다면, 이제는 그 공황에 가까운 불안을 다시 겪을 수 있다는 생각만 해도 덜덜 떨렸다.

사실 병에 걸리는 건 그렇게 두렵지 않았다. 설령 양성이어도 나는 기저질환 없는 20대 남성이다. 허벅지에 에크모(심폐기능이 정상적이지 않은 환자의 몸 밖으로 혈액을 빼낸 뒤 산소를 공급해 다시 몸속에 투입하는 장비로, 코로나 위중증 환자의 치료에 사용된다.)를 꽂는 상황에 놓일 확률은 극히 낮으니까. 하지만 나 때문에 어떤 사람들의 노력이 수포로 돌아갈 수 있고, 나 때문에 어떤 사람이 실제로 죽을 수 있다는 예측은 정말로 무서웠다. 더 솔직해지자면, 확진 판정을 받으면 내가 이용하는 공공시설에 확진됐다는 걸 알려야 한다는 게 제일 두려웠다. 알지 못하는 수많은 사람들의 원망을 이겨낼 자신이 없었다. 타인에게 폐를 끼칠 수 있는 이 병은 개인의 사회적 자아를 집요하게 공략했다. 그리고 비강도.

세 들어 사는 집주인에게 전화를 했다.

"제가 자가격리를 하게 돼서요."

"뭐라고?"

"아, 음성입니다. 당분간 이것저것 올 텐데 걱정 마시라고 미리 알려드려요."

"깜짝 놀랐다 아이가."

만약 내가 양성이었으면 어떤 반응이었을까? 별로 유쾌하지 않은 상상의 촉수가 내 머릿속에서 꿈틀거리며 방사형으로 뻗어나갔다.

앞서 보였듯, 어쨌든 아직 끝난 것은 아니었다. 자가격리의 의무가 있었으니까. 곧 통지서를 받았고, 생각했던 것보다는 별것 들어 있지 않은 구호 키트를 받았다. 원래라면 여러 식품이 들어 있었을 테지만 자가격리자가 폭증해서 오래전에 이미 예산이 다 떨어졌다고 했다. 나는 휴대폰에 자가격리자용 애플리케이션을 깔았다. 이제 당분간 나가지 못할 방을 돌아보았다. 6.5평이었다.

나는 사람보다 넓은 방과 분리수거가 더 그리웠다

자가격리 명령을 받았을 때, 처음에는 괜찮다 싶었다. 사람을 만나지 않는 것도 할만했다. 나는 외향성과 내향성 사이에서 어중간하게 외줄타기를 하는 불안정하고 신경증적인 성격으로, 혼자 있고 싶은지 아니면 타인과 함께 있고 싶은지 스스로 잘 파악을 못 한다. 차라리 법이 아무와도 만나지 말라고 명령한다면 고독을 곱씹으면서도 타인이 나를 회피한다는 쓸데없는 자괴감에 빠지지 않을 만한 이유가 생긴 것이었다. 나는 어차피 일을 집에서 하고 격리 기간 중에는 외부 일정도 없었다.

하루 뒤에 공무원분이 여러 서류들과 구호 물품, 그리고 커다란 쓰레기봉투를 가져다주었다. 서류들이야 통지서와 형식적인 안내서였다. 왜, "누가 이런 짓을 해?!" 하고 우습게 여기기 쉽지만, 실제로 그런 짓을 한 사람들이 있었기 때문에 생긴 경고문들이 즐비한 서류들 말이다. 나는 내 체온과 몸 상태를 매일 애플리케이션으로 전송해야 했다. 내가 제일 기대한 건 구호 물품 키트였는데, 안타깝게도 예산이 다 떨어진 지가 꽤 오래돼서 인스턴트 식품들 대신 소독제 몇 개랑 마스크 몇 장만 들어 있었다.

40리터쯤 되어 보이는 주황색 쓰레기봉투 두 장의 겉면에는 생물재해 표식이 커다랗게 인쇄되어 있었다. 자가격리 중에 발생하는 모든 쓰레기는 내가 음성이든 아니든 원칙적으로 의료폐기물이었다. 음식물 쓰레기와 재활용 쓰레기를 포함해 모두 모아서 받은 의료폐기물 봉투에 넣어뒀다가, 나중에 그 의료폐기물 봉투를 다시 종량제봉투에 넣어 배출하면 동에서 나와 수거해간다고 했다.

솔직히 별로 어려울 것 같지 않았다.

앞서 예상한 대로 혼자 있는 것은 크게 괴롭지 않았다. 어차피 서울의 코로나 유행이 심각해진 이후로 나는 타인과 자주 만

나지 못했다. 솔직히 말하자면 고통스러운 도수 치료를 합법적으로 빼먹을 수 있다는 것은 좀 편하기도 했다. 만약 사회적 거리두기 단계가 오르지 않아서 내가 헬스장에서 꾸준히 운동을 했다면, 운동을 아무 죄책감 없이 빼먹을 수 있다는 게 너무 좋았을 것이다.

"물론 저도 더 큰 무게를 짊어지고 싶습니다(비유적인 의미가 아니라 말 그대로). 하지만 공동체의 보건을 위해 저를 격리해야만 하는 의무가 너무나 막중하군요. 대의를 위해 제 하잘것없는 육체의 건강쯤이야 초개처럼 저버릴 수 있어야지요…."

날 가장 괴롭게 한 건 6.5평짜리 방에 쌓이는 쓰레기들이었다.

택배를 받을 때마다 무더기로 생기는 커다란 종이 상자들, 그 상자 안에 든 완충용 비닐과 아이스팩들, 단백질 바가 남긴 비닐봉지, 외로움에 단기적인 치료 효과를 부여했던 찌그러진 맥주 캔들, 대부분은 인덕션 위에서 반숙 프라이로 화한 달걀 껍데기들, 현미 햇반, 흑미 햇반, 다시 현미 햇반, 그리고 작은 쌀 햇반, 내가 얼마나 쓸데없는 일로 우주의 엔트로피를 올렸는지 알리는 고지서들, 방치해뒀더니 생명의 다음 단계로 발달하고 있는 고구마, 더 이상 나와 인연이 없는 서류들, 대체 왜 하필이면 이럴 때를 맞춰서 가는 주기가 돌아왔는지 알 수 없는 정수기 필터, 청소기가 빨아들인 먼지들, 자가진단용으로 써야 해서 급히 산 체온계 상자, 체온계를 감쌌던 플라스틱 곽, 그 7만 원짜리 체온계가 알고 보니 건전지는 별도 판매여서 구매해야 했던 건전지와 그 상자, 이렇게 된 김에 사 먹은 피자 상자, 피자랑 같이 주문한 맥주. 그리고 기타 등등등 왜 생겼는지 알 수도 없는데 양은 많은 쓰레기들.

종이 상자들은 일단 원룸 구석에 차곡차곡 쌓아 탑을 만들었다. 그 택배 상자들이 겉보기보다도 훨씬 더럽다는 말을 들은 적이 있었다. 더러운 것 정도야 괜찮지만, 딱히 그 이름을 열거하고 싶지 않은 무척추동물들의 알이 탑재되는 경우도 빈번하다는 것을 알았다. 나는 아주 오래전 진화 과정에서 갈라진 머나먼 친척들을 룸메이트로 들이고 싶지 않았다. 혹시나 우화에 최적의 조건을 제공할지도 모른다는 생각에 보일러를 껐다.

주황색 봉투의 용량이 꽤 넉넉해서 빨리 차지 않을 거라고 생각했는데, 분리수거를 아예 안 하다 보니까 그 봉투가 금방 차올랐다. 자가격리 전에 처리하지 않은 쓰레기들도 있고, 또 맥주병 같은 건 차지하는 부피가 상당히 컸다. 봉투 속의 쓰레기들은 여러 화학적 변화 과정을 거쳐서 불쾌한 냄새를 풍기기 시작했다. 나는 거의 항시 환기를 했다. 북쪽 대지에서 온 얼음 바람이 내 영혼까지 집어삼키려고 들었다.

화장실을 제외하고는 6.5평짜리 원룸 그 어디에 있어도 쓰레기의 압도적인 존재감을 피할 방법이 없었다. 자고 일어나면 상자들이 보였고, 빵빵하게 배가 부른 주황색 봉투가 보였고, 환기를 하지 않으면 금방 미묘한 냄새가 흐르기 시작했다. 배달 음식을 몇 번 시켜 먹은 걸 진심으로 후회했다. 먹을 때의 즐거움은 한순간인데 포장에 묻은 냄새가 가시질 않았다. 사실상 쓰레기와 동거를 하는 격이었다. 생각지도 못한 강력한 스트레스원이었다.

잠자리에 누워 열어둔 창문으로 들어와 영혼을 빨아들이는 바람을 맞으며 옛날 생각을 했다. 놀랍게도, 지금 내가 살고 있는 6.5평짜리 방은 독립 이후로 가장 살기 좋은 곳이다. 만약 코로나가 7년 전에 닥쳤다면, 그래서 침대 하나로 꽉 차던 4평짜리 방에 살던 시절에 도래했다면? 올해 초까지 살았던, 반지하처럼 습도가 높았던 대전의 5평짜리 방에서 자가격리를 해야 했다면? 만약 내가 침대를 제외하면 내 몸 뉠 곳도 없는 고시원에 살았다면 이 쓰레기들을 다 어떻게 버텼을까?

다행히도 나는 새벽에 몰래 나가 쓰레기를 무단 투기하지 않았고, 고발도 당하지 않은 채로 자가격리를 끝마치는 데 성공했다. 정오였다. 자가격리자 안전 보호 앱은 자가격리 기한이 끝나고 나서도 내게 자가진단을 하라고 울어댔다. 가장 먼저 편의점에 가서 10리터짜리 쓰레기봉투를 사 왔다. 주황색 봉투에 담긴 쓰레기들을 종량제봉투에 다시 집어넣었다. 동사무소에서 온 분에게 쓰레기봉투를 넘기고 나서야 나는 다시 내 방으로 돌아온 것 같았다.

그때까지 나는 사람보다 넓은 방과 분리수거가 그리웠다. 분리수거야 익숙하지만, 넓은 방에 살아본 경험은 없으니 그 그리움은 환상통이었다. 다른 환상통처럼, 그리움도 충분히 고통스러웠다. 그 고통은 왠지 그 향수를 내 삶에서 결코 만족시킬 수 없을 거라는 불길한 예감 또한 불러들였다.

소라 껍데기를 찾아서

자가격리가 끝났지만 집 밖으로 나가지 않았다. 서대문구의 소박한 인구통계적 공동체를 감염에서 구하고자 하는 이타적인 뜻에서 그리한 것은 아니었다. 처음 접촉 알림을 받았을 때의 그 유쾌하지 않은 놀라움, 코에 길쭉한 면봉을 쑤셔 넣는 검사의 끔찍함, 결과가 나올 때까지의 그 말 못할 불안과 공포를 다시 체험하고 싶지 않았다. 나는 확진자 수가 좀 줄어들 때까지 그냥 격리를 지속하기로 마음먹었다. 1~2주 정도 더 있으면 모든 것이 괜찮아질 거라고 생각했다.

미래예측을 이런 꼴로 하니까 주식을 사는 족족 망조가 드는 듯싶다. 확진자 수의 증가 추세가 꺾일 줄을 모르고 치솟았다.

뉴스에서는 매일 신규 확진자 수가 기록을 갱신했다고 말했다. 나의 자발적인 격리 시간은 계속해서 늘어났다. 마침 시즌이 연말이었다. 코로나가 있든 없든, 혹한이 뼈를 얼리고 해가 잠시 얼굴만 비추고 사라지는 이 시기에 사람은 필연적으로 우울해진다. 핀란드 사람들은 이 시즌에 계절성 우울증을 피하기 위해 일부러 자외선 램프를 이용하여 인공 햇빛을 쬐기까지 한다고 하지 않나. 거기에 더해 사람을 못 보게 되자, 곧바로 우울해졌다. 마침 이런저런 사건으로 인해 자신감이 많이 떨어진 취약한 시기기도 했다.

우울감은 무럭무럭 자라나 내 비좁은 정신을 꽉 채웠고, 순식간에 바깥으로 흘러나오기 시작했다. 그때 내가 쓴 에세이 한 편을 친구가 읽고 "괜찮은데 답도 없이 우울하다"고 말했다. 나는 내 상태가 얼마나 나쁜지 실감했다. 그런데 안 좋은 상태라는 인식이 있어도 이걸 낫게 해야겠다는 생각이 안 드는 것이다.

나는 집에서 하루 종일 와우(월드 오브 워크래프트)만 했다. 와우는 재미있지만 시간을 너무 많이 잡아먹었다. 우울해서 와우를 하고 잠시간의 즐거움을 얻었지만, 끝내고 나면 허탈함과 시간을 낭비했다는 죄책감에 더 우울해졌고, 우울하니까 또 와우를 했다. 머리에 힘주는 걸로는 막을 수 없는 악성 피드백이 일어나고 있었다.

사흘 정도 식음을 전개하고(스트레스 상황에서 나는 폭식을 한다) 와우만 하고 있을 때, 천선란 작가가 나를 불렀다. 트위터에서 스프링클러처럼 우울의 정념을 사방에 뿜어대고 있는 것을 그가 목격했기 때문이었다. 그의 작업실과 내 집은 걸어서 30분 정도의 거리고, 우리는 종종 만나 이야기를 한다. 근 한 달 만에 나는 집 밖으로 나섰다.

한두 시간 정도 우리는 이야기를 나누었다. 별반 중요하고 심각한 이야기를 한 것도 아니고, 그냥 가볍게 사는 이야기를 나눴다. 집으로 돌아오는 길에 나는 세상의 색채가 조금이나마 돌아온 느낌을 받았다. 허파에 성에가 끼는 듯한 무시무시한 추위도 받아들일 만한 것 같았고, 답답한 마스크도 수년은 더 낄 수 있을 것 같았고, 집에 가면 오랜만에 와우부터 켜는 게 아니라 워드프로세서를 실행할 수 있을 것만 같았다.

그 내용이 중요한 것이 아니었다. 사람과 얼굴을 보고 나누는 대화 그 자체가 마법이었다. 나는 너무 오랫동안 사람을 못 만나고 있었다. 중간중간 줌으로 몇 번 친구들의 얼굴을 보고, 매일 카카오톡으로 연락을 하기는 했지만 그걸로는 부족한 점이 있었던 것 같다. 그냥 누군가와 대면해서 시시콜콜한 이야기를 하고 싶었던 것이다.

나는 천선란 작가가 고마웠고, 고마움만큼 신기함도 느꼈다. 왜 신기한가? 나는 그럴 수 없을 거라고 생각했기 때문이다. 나는 내 친구가 괴로워할 때 도대체 어떤 행동을 해야 할지 잘 모르겠다. 사람이 괴로울 때 원하는 정서적 지지의 양상이 다들 엇비슷할 거라는 생각은 한다. 하지만 나는 손길을 내밀기 전에 주저하면서, 불안에 떨면서 생각한다.

'내가 과연 이렇게 해도 되는 건가? 이 사람은 내가 접근하는 것을 바랄까?'

알고 있다. 보통 사람들은 그렇게 생각하지 않으리라는 것을.

아직도 머릿속에 맴도는 옛 기억이 있다. 미취학아동인 나는 대형마트에 있고, 내 앞에는 방금 계산한 식재료를 담은 카트가 보인다. 나는 엄마랑 같이 와 있는데, 엄마는 기억할 수 없는 이유로 잠시 자리를 비운 상태다. 카트 앞에 서서 기다리면 엄마가 올 것이라는 사실을 알고 있지만, 머릿속 한구석에서는 엄마가 나를 버렸을 거라는 생각이 자꾸만 떠오른다. CCTV가 곳곳에 설치된 대형마트에서 식재료까지 계산한 채로 애를 버리고

가는 사람은 없을 거라는 사실을 당시의 나도 잘 알고 있었을 테면서 말이다.

나는 이 기억이 내 인간관계에 대한 불안의 원형이라고 생각한다. 타인이 내가 생각하는 것보다 나를 가깝게 여기지 않을 것이라는 지레짐작과 거절당하는 데 대한 극심한 공포. 이것이 발전하여 사람들과의 더 나은 관계를 갈구하면서도 정작 진짜 관계에서는 항상 철수하던 나의 모습이 되었다고 생각한다. 나도 내가 불합리하다는 것을 알고 있지만, 이 불합리함에서 벗어나기가 쉽지 않다. 그것 때문에 얼마나 많은 고통을 받았고 얼마나 많은 상처를 줬는지.

가끔은 궁금하다. 이 모든 공포가 유전자에 새겨진 선천적인 것인지, 아니면 어떤 계기로 인해 생겨난 후천적인 것인지. 어느 쪽이든 결코 피할 수 없을 운명이었다고는 생각하지만.

나는 인간관계에 대한 공포에 짓눌려 아무것도 하지 못하는 사람이었다. 껍질 없는 소라게가 되어 있던 나는 이대로는 살 수 없다는 생각에 나만의 소라 껍데기를 찾았다. 그것은 거절은 어쩔 수 없고, 그냥 세상에 고통이 기쁨보다 더 많으니 거절도 수긍해야 한다는 믿음이었다.

이 믿음은 인간관계를 넘어 내 가치관 전체를 뒤흔들어 놓았다. 우리가 사는 세상은 슬픈 일이 기쁜 일보다 압도적으로 많은 눈물 바다라는 믿음, 대부분의 사람들은 다들 세상의 바쁜 흐름 속에서 자신이 무엇을 하는 건지도 모르고 휩쓸려간다는 믿음. 그리고 나 또한 그렇게 세상에 휩쓸려가는 수많은 평범한 개인들 중의 하나일 거라는 믿음. 언젠가는 그 눈물 바다 속에서 시간이라는 피할 수 없는 파도에 따라 필연적인 죽음으로 향해 가겠지. 내가 죽고 몇 년도 지나기 전에 그 평범함의 격랑 속에 휩쓸려 잊히고 사라지겠지. 나는 참으로 별거 아닌 사람이겠지.°

다른 사람의 기대에 부응하지 못하는 것이 너무나 두려웠고, 어떤 과업에서 실패하는 게 두려웠다. 지금 이 글을 쓰면서도, 아무도 내 글을 사랑하지 않을까 봐 무섭다. 나는 실패가 기본값이고 성공은 아노말리라고 생각하고 싶었다. '실패는 일반적인 것이기에 괜찮다'는 생각은 앞으로 나아갈 수 있게 해주긴 했다. 만약 성공만을 꿈꿨다면 나는 나의 불안에 질식해 아무것도 할 수 없었을 테다.

설령 완전히 망하더라도 나 역시 다른 사람들처럼 필연적인 죽음을 맞고 망각 속으로 사라질 테니까, 괜찮다. 모두에게 공평한, '죽음'이라는 끝이 있다는 생각을 하면 놀랍게도 위안이 된다. 아무리 훌륭한 업적을 이루어도, 아무리 끔찍한 과오를 저질러도, 죽고 나면 이 눈물뿐인 세상에서 개인은 마침내 해방되고 그가 진 짐은 완전히 흩어진다는 생각은 내게 안정감을 준다. 또 다행인 것은 이제 자살은 하고 싶지 않다는 것일까.

염세적인 사고는 자조로 표현되고, 나는 마음속에 나를 비하할 수 있는 레퍼토리를 한 150개 정도 가지고 있는 듯하다.

'제 소설은 기본적으로 그 안에 든 개인적인 철학이 얄팍하다고 하잖아요. 이러다 밑천 떨어지면 끝장이에요. 그리고 그 밑천은 이제 북극 빙하보다 빠른 속도로 밑바닥을 드러내고 있죠.'

'상 받은 건 그냥 운이라고 생각해요. 심사위원분들이 마침 기분이 좋을 때 보셨다든가.'

소설에도 자주 써먹었다. 나는 그냥 다른 사람들 보고 웃으라고 썼는데, 슬프다고 말하는 독자분들도 있었다.

나의 지나친 자조가 어떤 사람들에게는 대단히 추잡해 보일 것이라는 생각도 조금씩 들기 시작했다. 어쨌든 나는 대충 먹고 살 수 있는 집에서 남자로 태어나 고등교육까지 다 받을 수 있었고, 이것은 많은 사람들에게 허락되지 않은 행운이다. 그들

앞에서 내 밑천이 다 떨어져 간다고 운운하고 있는 것은, 글쎄, 재수 없는 기만으로 비치겠지. 민망하기도 했다.

또, 고통이 기쁨보다 더 흔하다는 믿음은 나를 지나치게 소극적으로 만들었다.

천선란 작가와 만나고 집에 돌아온 나는 오랜만에 약간이나마 더 상쾌한 기분으로 생각했다. 나는 그가 어떤 생각을 하는지 모른다. 하지만, 글쎄, 그가 고통스러워하는 나를 보고 호의의 손길을 내밀기 전에 별다른 공포를 느꼈을 거라고 생각하지는 않는다. 나는 슬퍼하는 사람들에게는커녕, 기뻐하는 친구들에게도 먼저 손을 내밀기 힘들었다. 오늘이 생일인 사람들한테 먼저 연락을 하고 싶은데, '내 축하를 받고 싶어 할까?' 하는 생각부터 드는 식으로. 하지만 나는 내 생일에 누군가의 연락을 받았을 때 원수가 아니고서야 언제나 기쁘고 즐겁고 반가웠다. 그 사람의 축하의 무게를 재는 일 따위는 하지 않았다.

나도 슬퍼하는 친구가 있으면 그냥 호의의 손길을 내미는 사람이 되면 된다고 생각했다.

내가 그렇게 할 수 있을까.

당장은 서글프게 낙관하고 싶다고 생각한다. 나쁜 일이 좋은 일보다 많다는 내 기본적인 세계관은 쉽게 바뀌지 않겠지만, 정말로 그렇지만, 바라건대 내가 받아서 기쁜 것은 다른 사람도 받아서 기쁘리라고 생각하기로 한다. 나를 끝도 없이 깎아내리는 본성 때문에 쉽지 않을 거라고 생각하지만 정말로 그러고 싶다. 먼저 기쁘게 호의의 손길을 내밀고 싶다.

이제 2021년이다. 창밖에는 어둠이 내려 있다. 2020년 12월 31일은 몹시 추운 날이었고, 2021년 1월 1일도 몹시 추운 날일 것이다. 역병은 여전히 횡행하고 있고, 좋았던 때는 까마득한 옛날 혹은 존재하지도 않았던 시절처럼 여겨진다. 앞으로 어떤 기쁜 일이 있을지 궁리해보지만 당장 생각나는 것이 없다. 하지만 언젠가는 인간관계에 대한 공포가 세상을 해석하는 내 시선을 침범했던 것처럼, 지금 나의 서글픈 낙관에 대한 다짐이 내 세계관을 수정하기를 바란다.

지금 계산할 수 없는 긍정적인 변수가 난데없이 나타날지도 모른다. 예상치 못한 좋은 일이 있을 거라고, 한 만큼의 결과가 있을 테니 이전처럼 위축되지 않을 거라고 나를 위로하고 싶다.

나는 아직도 내가 이전보다 조금 더 큰 껍질로 들어가려고 하는 소라게처럼 느껴진다. 하지만 어쩔 수 없다. 언젠가는 무른

부분이 딱딱해질지도 모른다. 하지만 그 전에는, 지금 당장은 항상 소라 껍데기를 찾아야 하는 것이 내 숙명이라고, 그나마 더 큰 소라 껍데기를 찾아나서는 게 낫다고 생각할 수밖에 없다. 그렇게라도 생각하지 않으면 도저히 버틸 수가 없었다.

∘

초등학생 때, 미술 교과서를 보면서 죽음을 떠올렸던 기억이 난다. 작품 밑에는 사람의 이름이 있고, 이름 옆에는 생몰연도가 적혀 있었다. 그런데 아직 살아 있는 사람들은 죽은 연도가 들어갈 칸이 비어 있었다. 심너울(1994 ~) 같은 식으로. 그 빈칸은 우리 모두의 필멸을 암시했다.

SIM
02:11
4차 산업혁명
시대를 살아가기
@with_smartlord_
25 팔로잉 74 팔로워
메인 트윗
심너울 @neoulneoul · 2020년 9월 10일
인공지능이 작가 일은
대체하지 않을 겁니다.
컴퓨터가 뭣하러 그런
저부가가치 산업에 뛰
어들어요.

페이스북 가라사대

페이스북 타임라인을 온갖 광고들이 수놓기 시작했다. 알고리즘이 의아한 영상과 혼란스러운 카드뉴스를 내 눈앞에 들이댔다. 그 혼돈으로 가득 찬 목록에는 뿌리기만 하면 스치는 이성이 한 번 더 돌아보게 된다는 향수, 수십 년 동안 방치된 세탁기 세탁조도 신품마냥 깨끗하게 만들어준다는 기가 막힌 세탁조 클리너, 코에 자란 모든 블랙헤드를 깨끗하게 뽑아준다는 코팩 따위가 있었다. 평범한 일상의 지혜를 가지고 있는 사람이면 그런 광고를 유심히 볼 시간에 다이소로 향했을 것이다.

안타깝게도 나는 평범한 지혜가 없었다. 세탁조 클리너의 광고 영상에서는 바퀴벌레 선생님들도 입주를 거부할 만큼 더러운 세탁조를 자랑스럽게 전시했다. 나는 방에 있는 세탁기를 거친 생각과 불안한 눈빛으로 잠시 바라보다가 결정을 내렸다. 한 개당 3,000원씩 주고 세탁조 클리너를 구매한 것이다. 그 뒤로 마크 주커버그의 사악한 미소가 서려 있는 것을 그때는 몰랐다.

다음 날 세탁조 클리너가 택배로 집에 도착했다. 나는 별생각 없이 드럼 세탁기에 클리너를 넣고 돌렸다. 잠시 침대에 누워 있다가 세탁조를 확인하니 새하얀 거품들이 세탁조 안에서 몽실몽실 피어났다. 광고 영상에서는 완전 시커먼 구정물이 흘러나오던데? 생각보다 세탁조가 깨끗한 모양이군. 나는 남은 클리너를 찬장에 넣어두고 그날의 일을 잊었다.

몇 주 뒤 양배추 피클을 담을 플라스틱 통을 사려고 다이소로 향했다. 당연히 플라스틱 통만 바로 집어 나오지 않고 이곳저곳 둘러보았다. 그런데 여기저기서 봤던 상표의 세탁조 클리너가 진열되어 있는 것이다. 가격은 이전에 페이스북에서 산 것의 절반 정도였다. 그걸 본 나는 해당 제품의 성분을 기록한 뒤 집으로 돌아왔다. 그리고 찬장에 처박혀 있던 3,000원짜리 세탁조 클리너의 성분과 대조해보았다.

나는 그제야 깊은 깨달음을 얻었다. 세탁조 클리너란 물건은 그냥 과탄산소다를 적당한 크기로 포장한 것에 지나지 않으며 그 세척의 한계도 명료하다는 황금과 같은 지혜였다. 하긴 간편한 세제로 사용되는 화학물질들은 전부 안정성이 오랜 세월에 걸쳐 검증되고 그 사용법이 널리 알려졌겠지. 무슨 비전으로만 전해 내려오는 비밀의 양념 같은 것이 있을 리가 없다.

나는 페이스북에서 산 세탁조 클리너를 비릿한 눈빛으로 바라보다가, 나를 위해 맞춤으로 준비되었다는 페이스북 광고들을 하나씩 차단하기 시작했다. 이 광고를 보고 싶지 않습니다. 왜냐고요? 한 번 뿌렸는데 강의실 전체가 향기로 가득 찼다는 이 향수는 광고가 설령 한 치의 거짓 없는 사실이더라도 문제가 크니까요. 번역의 패러다임을 바꿨다는 이 책의 광고는 별로 믿고 싶지가 않은데요. 오히려 제가 보기에는 이 번역이 틀린 것 같아서요.

그러자 페이스북의 두뇌, 잠시도 쉬지 않는 지고의 인공지능은 곧바로 다른 광고를 먹여주기 시작했다. 이제 자기계발서들과 커플이 함께 쓰는 다이어리 광고가 올라오기 시작했다. 다이어리는 댓글이 천 개가 넘길래 그 댓글을 따로 확인해보았다. 코로나19와 관련된 가짜 뉴스로 사람들의 '좋아요'와 댓글을 왕창 모아놓고 글을 광고로 수정한 것이었다. 나는 그 졸렬함에 감동 받아 마음속으로 박수를 한 번 쳐주고 광고를 차단했다.

곧바로 나는 후회했다. 인간적으로 용납 가능한 광고들을 전부 차단하자 이제 20대 남성이라는 코호트의 심연에 있는 구정물이 타임라인으로 스멀스멀 흘러나오기 시작한 것이었다. 이를 옮겨 쓰는 것조차 고통스러운 기분이지만 한 글자씩 써보기로 한다.

신용등급 9등급, 연체 이력자, 군 미필, 무직도 얼마든지 사용할 수 있는 자동차 담보 대출. 글 밑으로 웬 떡대랑 대출을 받은 사람이 차 앞에서 자랑스럽게 피켓을 들고 서 있는 사진이 주르륵 떠 있었다. 떡대 옆에 있는 사람은 옆구르기 하면서 봐도 내 또래였다. 내 일도 아닌데 눈앞이 깜깜해지는 기분이었다. 살면서 많은 경험을 하는 건 나쁘지 않지만, 20대에 제3금융권으로부터의 추심과 개인회생을 경험할 필요까지는 없지 않은가 하는 생각이었다.

그것마저 차단하자 이제 자기 인생은 성공했다면서 외제차 앞에서 똥폼을 잡으며 그 비결을 알려주는 떡대의 영상이 타임라인에 등장했다. 나는 호기심이 생겼고 그 영상을 재생해보았다. 왜, 인생을 성공하는 방법은 정말로 궁금하지 않나? 나는 보유한 차종보다는 다른 가치를 더 중시하는 편이지만, 그런 기준은 사람마다 다 다른 편이니까.

음… 내가 밤에 찬란히 발광하는 시뻘건 버섯을 굳이 먹어보는 괴팍한 습성을 가졌다고 비난해도 할 말이 없다.

그 사람의 '성공 비결'은 불법 온라인 도박이었다. 하루에도 도박으로 수백만 원씩 당기며 풍족한 삶을 산다는 것이었다. 이쯤 되자 화가 났다. 과탄산소다에 바가지를 써서 두 배의 돈을 치른 건 그럴 수 있다. 비록 나는 몇천 원의 손해를 봤지만 그 돈은 과탄산소다를 소포장하고 있는 중소기업의 직원들에게 흘러가서 일용할 브로콜리와 양파와 달걀로 화했을 것이다.

그런데 불법도박은 그냥 폭력 조직에게 돈 바치는 것에 지나지 않잖아. 나는 요즘 중고등학생들이 불법도박에 중독되는 것이 사회문제라는 기사를 떠올렸다. 페이스북은 자기 플랫폼에 올리는 광고를 거르는 데 관심이 없나? 나는 광고를 신고했다.

하지만 몇 분도 지나지 않아 타임라인에 새로 떠오르는 광고를 보고 나는 심연에도 밑바닥이 있다는 사실을 뼈저리게 깨달았다. 이제 취약한 남성성을 보강해주는 약물 광고가 뜨기 시작한 것이다. 20대 남성 코호트에? 아니, 건강의 개념이란 꽤나 주관적인 것이니 그건 그렇다 치고 어디서 흘러들어 왔는지도 모르는 수상한 약물을 먹을 생각이 들 정도로 그게 중요한 거야? 정말로 무슨 일이 일어날지 모르는데, 그걸 대체 무서워서 어떻게 먹나? 생식기 괴사가 주요 부작용인 수상한 버섯 농축액일 수도 있는 것 아닌가? 자신의 부족한 남성성을 어떻게든 벌충하려는 시도 자체를 비난하는 것은 아니다. 하지만… 비뇨기과에서 검증된 약물을 처방받는 건 정말 잠시면 될 거 아냐.

이 정도쯤 되자 나는 이전의 페이스북 광고가 그리워서 견딜 수 없을 지경이 되었다. B급이지만 이토록 천박하지 않고, 속여도 후기 정도만 속이는, 가끔은 그 속에 빛나는 센스가 숨어 있기도 했던 광고들이 그리웠다. 한 번만 뿌려도 강의실 전체가 향으로 꽉 차 사람들을 놀라게 한다는, 그 소마와 같은 향수가 보고 싶었다.

한 달에 6,000원 정도 주고 구독하는 페이스북 플래티넘 멤버십 같은 것이 나온 세상도 꿈꿔보았다. 그곳에서 우리는 수상한 향수도 세탁조 클리너도 코팩도 없는 깨끗한 타임라인을 누릴 수 있을지도 모른다. 거기까지 생각이 닿자 문득 또 다른 의문이 들었다. 나는 페이스북보다는 트위터를 훨씬 많이 하는데, 왜 트위터 광고는 잘 기억이 안 나지?

그 후로 나는 트위터 광고도 주시하기 시작했다. 트위터 광고가 그렇게 인상 깊지 않았던 이유는 그 대상이 광고와는 상당히 멀어 보이는 유별난 것이기 때문이었다. 이를테면 야금학 저널에서 논문을 투고하라는 광고라든지. 나는 지금까지 솔티드 캐러멜 말고는 뭘 제대로 녹여본 적이 없다. 네이처에서도 내게 논문을 내고 성공한 학자로서의 커리어를 이어나가라고 난리였다.° 나는 학사 학위도 근근히 땄다. 확실히 트위터는 대학원생들이 많이 사용하는 모양이었다.

굳이 발광하는 버섯을 요리해보는 습성이 또 빛을 발해서, 이 안락하기 그지없는 저널 광고들을 차단하면 무슨 광고가 떠오를까 하는 궁금증도 생겼다. 나는 네이처와 야금학 저널을 차단했다. 그러자 팬티만 입고 춤추는 오스트레일리아의 남자들이 타임라인에 나타났다. 도대체 왜…? 아니, 나는 쓸데없는 의문을 품지 않기로 했다. 그제야 이 두 SNS가 내게 주고자 하는 중요한 교훈을 어렴풋이 알 것 같았기 때문이다. 인공지능 주인님께서 하찮은 유기체인 나를 위해 손수 맞춤 광고를 설정해주셨으면 그걸 먹고 사는 게 그나마 고뇌를 더는 길이라는 사실 말이다.

°

요새 내 트위터 타임라인에는 BL 웹툰 광고가 출몰한다. 트위터는 이제 내 정체성을 네이처에 논문을 올릴 만한 학자가 아니라 BL을 적극적으로 소비하는 20대 남성으로 간주하는 모양이다. 나쁘지 않은 것 같다.

기계 주인님의 가르침

설인지 추석인지 기억이 안 나는 명절에 작은삼촌(의사)과 작은 갈등을 빚은 적이 있다. 당시에 나는 작가로 막 데뷔하고 책을 한 권 냈다. 그런데 삼촌이 "그게 돈이 되니?"라고 물어보았다. 그에 대한 객관적인 답은 당시나 지금이나 "그럴 리가요(아련한 웃음)"이긴 한데, 마음에 상처를 입었다. 종이에 손을 베인 느낌과 비슷했다. 어쩌면 나만 기억하는 일이고 나만 갈등이라고 생각할지도 모른다.

하지만 지금의 나는 이 일화에 대해서 아무런 유감이 없다. 아니, 삼촌에게라면 더 심한 말을 수십 수백 번 들어도 괜찮다. 부산 해운대에서 내 책을 수십 권 산 다음 그걸 파쇄기에 넣는

퍼포먼스를 해도 웃을 수 있다. 왜냐? 그 후에 삼촌이 아이패드를 선물했기 때문이다. 이 문장을 쓰면서도 그 감동의 여파가 가시지 않아 눈물이라도 흘리고 싶은 지경이다.

거기서 끝나지 않고 우리의 관계는 더욱 매끈해졌다. 삼촌이 내게 소집해제 기념으로 선물을 고르라고 제시했기 때문이었다. 전화로 그 복음을 들은 나는 당장이라도 삼촌에게 125장, 각 장마다 2절로 된 서사시를 지어서 바치고 싶었다. 하지만 서사시를 쓰기에 앞서, 나는 어른이기에 삼촌의 요구를 먼저 따랐다. 선물을 고르라고 하셨으니 선물을 골라야 했다.

문제는 딱히 가지고 싶은 물건이 없었다는 것이다. 체중계, 종합비타민, 『반지의 제왕』 양장본 세트 같은 물건은 스스로도 살 수 있었다. 비싼 물건들은 이미 오래전부터 잘 쓰는 게 있고, 아이패드도 저번에 상품으로 받은 것까지 두 개나… 잠깐, 아이패드? 나는 내가 가지고 있는 애플 제품의 리스트를 머릿속에 띄웠다. 아이폰, 맥북, 아이패드(프로와 미니 2개), 에어팟. 나는 이 사치스러운 알루미늄 리스트에 하나의 물건만 더 들이면, 사과 알레르기가 있는 나조차 팀 쿡의 훌륭한 노예로 인정받을 수 있으리라는 걸 알았다. 애플워치였다.

그런데 새로운 문제가 생겼다. 나는 애플워치의 용도를 짐작도 하지 못했다. 나는 손목시계를 차고 다니다가도 시간을 확인할 때는 자연스럽게 휴대폰을 꺼내는 사람이었다. 시계를 매일 충전해야 한다는 것도 너무 큰 단점으로 느껴졌다. 게다가 나는 애플이 광고하는 (애플워치를 통해) 매일 운동하고 계획적으로 살아가는 삶의 아름다움에도 공감하지 못했다. 시계가 강압을 하든 말든 나는 언제나 그랬듯 꿋꿋이 게으르고 운동하지 않는 인간으로 남으리라고 생각했기 때문이었다. 나는 나의 게으르고 운동하지 않는 사람됨을 진실로 사랑했고 검은 머리 파뿌리 될 때까지 함께하기로 맹세했다. 그 맹세를 어떻게 내가 먹지도 못하는 과일을 브랜드로 하는 회사가 꺾을 수 있겠는가!

그래서 나는 애플워치를 사달라고 했다.

삼촌은 쿨하고 시크하게 OK 사인을 내렸고 이틀도 되지 않아 내 손목에는 흰색 스포츠 밴드를 단 애플워치가 감겼다. 내 애플 계정에는 다섯 개의 기기 이름들이 빛났다. 향후에 팀 쿡이 비로소 알루미늄 천년왕국을 열면 그 왕국의 원룸 정도는 내게 예비되어 있지 않을까?

그 후 하루 동안 이 난해한 기계의 활용성을 파악하기 위해 애를 썼다. 이게 노트북이었으면 인터넷 브라우저를 다운받고 트위터를 둘러보았을 것이다. 휴대폰이었으면 카카오톡을 설치하고 친구의 메시지에 답했을 것이다. 태블릿이었으면 넷플릭스를 뒤적이거나 이북 리더를 실행했을 것이다. 하지만 이 기계의 화면은 지나치게 작았다. 메일을 볼 수도 있고 메신저의 대화를 확인할 수도 있지만, 그건 그냥 가능성일 뿐 효용은 턱없었다. 시계를 꾸준히 들여다보았으나, 시간을 보는 것 빼고는 모든 게 불편했다.

나는 이 시계를 약간 사이버펑크 느낌이 나지만 쓸모는 적은 장신구라고 결론을 내렸다. 이후 이틀간은 아예 그 물건을 끼지도 않다가, 마침 친구랑 만날 일이 생겼을 때 손목에 달고 집을 나섰다. 대화 중에 잡담의 주제로 사용하려는 생각이었다.

"봐, 이건 고급 저전력 프로세서를 달았지만 트위터도 할 수 없는 전자기기야. 세상에 트위터를 가동하지 못하는 전자기기만큼 슬프고 무능력한 것이 또 있을까? 펼치지 못하는 책, 자르지 못하는 식칼, 나아갈 수 없는 자전거, 닦지 못하는 휴지, 또…."

"그만해."

아마도 이런 농담을 준비했던 것 같기도 하다. 다행히도 나는 그 이상하고 재미도 없는 농담을 약속 장소로 가는 동안 까맣게 잊어버렸고, 오랜만에 만난 친구와 즐거운 시간을 보냈다. 그는 걷는 것을 즐기는 사람이었고, 나는 그 취향에는 결코 찬성하지 못했지만 친구가 좋았기 때문에 함께 이곳저곳을 많이 걸었다. 그동안 손목에 진동을 여러 번 느꼈다. 나는 애플워치가 휴대폰으로 온 여러 메시지들을 중계하는 것으로 생각하고 신경을 껐다.

몇 시간 뒤 집으로 돌아왔다. 내 몸에 덕지덕지 붙은 것을 떼낸 뒤 신경 끄고 있던 애플워치를 확인했다. 그리고 생각지도 못했던 알림을 발견했다. 그동안 이 트위터도 할 수 없는 전자기기는 나를 칭찬하고 있었다. 내가 하루의 활동량을 두 배 초과 달성하고, 운동 목표치도 다 이룬 데다가, 매 시간마다 일어서기까지 했다는 것이다. 그러고 보니 설정할 때 하루에 얼마나 운동을 많이 하고 싶냐고 물어본 것이 기억났다. 당연히 나는 최저수준을 택했는데, 약속한 매일의 할당량만큼을 애플워치는 상시 측정했다. 그 기록은 원형의 '활동 링' 형태로 저장되었다.

그러니까 이 물건의 주요 용도는 시간을 확인하기 위해 들여다보는 것이 아니었다. 장식용도 아니었다. 이것은 사용자가 스스로를 기계의 감시하에 두는 것이 그 주요한 용도였다.° 나중에 팀 쿡의 천년왕국 입장권으로 쓰이는 용도인지는 아직 그때가 오지 않아서 잘 모르겠다. 나는 내가 자진해서 고급 수갑을 차고 있다는 생각이 들었다.

모골이 송연해졌지만, 나는 휴대폰에서 내 활동의 상세한 내역을 확인할 수 있다는 것을 알았다. 애플워치를 착용한 이후 깔렸던 이상한 애플리케이션의 정체가 바로 그것이었다. 그 '활동' 앱에서 내가 오늘 얼마나 칼로리를 소모했고 몇 킬로미터나 걸었는지 상세하게 확인할 수 있었다. 시계를 착용하지 않았던 어제와 그제의 활동 링은 텅 비어 있었다. 나도 모르는 사이에 '지금까지 최고의 활동' 메달을 받았다는 것도 확인했다.

그 메달은 당근마켓에 무료 나눔조차 할 수 없는 순전한 디지털 정보 덩어리였다. 그러니까 나는 이 모호한 클라우드의 물리적 실체인 데이터 센터 어딘가의 회로를 흐르는 전자들을 보상으로 받았다고 말할 수 있겠다. 나는 이 시계가 나를 감시하면서 내가 스스로의 인생을 낭비하고 건강을 파괴할 권리를 철저히 박탈하고 있다는 불쾌한 결론을 내렸다. 나는 시계를 끄르고 충전기에 붙였다.

내 생활에서 자연스럽게 흘러나오는 데이터를 아무에게도 주고 싶지 않았다. 지키고 싶었다. 그 데이터로 무슨 일을 할 수 있는지 아무도 모르니까. 아무리 한국인들의 주민등록번호와 이름을 포함한 수많은 개인정보가 도떼기 시장에서 개당 50원

받고 거래된다는 흉흉한 농담을 한다 하더라도.

다음 날 나는 오전 11시에 몸부림치며 일어났다. 월요일이었다. 항불안제와 ADHD 약을 받으러 병원도 들르고 출판사에 계약서를 우편으로 보내야 하는 슬픈 날이었다. 나는 내 뇌에 스며드는 온갖 잡념을 애써 걷어내며 식사를 하고, 씻고, 옷을 입고, 지갑과 휴대폰과 열쇠를 챙기고, 집 밖으로 나섰다. 하늘은 우중충했으나 비는 내리지 않았다. 약 60%쯤 만족스러운 마음으로 한 50미터쯤 걸은 뒤, 문득 불쾌해졌다. 손목이 허전했기 때문이었다.

나는 방금 전 걸은 기록이 활동 링에서 영영 누락될 것이며, 그 어떤 방법으로도 수복할 수 없다는 것을 깨달았다. 오, 덧없는 시간의 공허 너머로 흩어져 사라진 내 운동 기록이여! 나는 빨강색과 파랑색과 초록색으로 가득 찬 내 활동 링을 떠올렸다. 완성된 활동 링이 주던, 마치 원고 하나를 막 끝냈을 때 같은 기이한 뿌듯함과 쾌감과 나른함을 연상했다. 나는 액정 속에서 찬란히 빛나던 메달을 생각했다. 비록 반도체 몇 개의 ON과 OFF에 지나지 않는 메달이었지만, 그 메달에서 느낀 이상한 즐거움은 진짜였다.

고민에 빠졌다. 병원까지는 1킬로미터 거리고, 서대문 우체국으로 돌아가는 길을 택해야 하기 때문에 족히 50분은 걸어야 할 것이다. 그 정도면 하루를 시작하자마자 활동 링을 꽉 채울 수 있을 것이다. 하지만 어제까지만 해도 내 행동을 스스로 기계의 감시하에 두는 건 좀 불편하다고 생각했는데? 아무리 메달과 활동 링이 주던 미묘한 쾌감이 좋아도 그렇지 내 철학을 그렇게 헌신짝처럼 버려야 할까?

구원은 가까이에 있었다. 고개를 들자, 내가 방 하나를 빌려 살고 있는 다세대 주택의 대문 위쪽에 달린 CCTV가 보였다. 지금 나는 그 렌즈에 비치는 내 얼굴을 보았다고 회상한다. 그것은 어차피 내가 태어난 이후로 줄곧 모든 것을 감시당하고 있다는 것을 일깨워주었다. 내 모든 행동이 거리 곳곳을 수놓은 CCTV에 찍히고 있는데, 내 맥박과 심전도와 이동 동선과 운동량과 일어서는 횟수와 걸은 층계 등등은 그에 비하면 … 아무것도 아니지 않나? 이런 생각까지 했다면, 이제 자기합리화가 거의 끝난 것이다.

투덜대면서 몸을 돌렸다. 시계를 가지러 가야 했다. 그리하여 내 모든 행동이 시계에 기록되도록 해야 했다. 그러지 않으면 움직일 이유가 없었다. 하지만 나는 결코, 절대로 기계의 노예가 된 것이 아니다. 나는 기계를 적절하게 활용하여 현대인들의 미덕인 자기 관리에 충실하고자 하는 것일 뿐이야. 왜, 소설을 쓰려면 체력이 중요하지 않나? 삼촌도 선물이 유용하게 쓰인다는 것을 알면 좋아할 것이다.

방으로 돌아오자, 내가 찾던 아름다운 알루미늄 시계가 고고한 자태를 뽐내며 충전기 위에 누워 있었다. 나는 조심스러운 손길로 시계를 충전기에서 떼낸 다음, 그 신성한 기계를 내 손목에 착용했다. 진동이 느껴졌다. 화면을 바라보았다. 시계는 신과 같은 전언으로 나를 독려하고 있었다.

"오늘 하루도 열심히 움직여봐요!"

여부가 있겠습니까, 주계님.

°

운동을 엄청 많이 하는 친구랑 애플워치 친구를 맺었더니, 정오에 느지막이 일어나서 애플워치를 끼면 당장 "뫄뫄 님이 운동을 완료했습니다"라는 메시지가 뜬다. 이건 사이버 질책이다!

인간의 감가상각

EBS 소프트웨어에서 「수학과 함께하는 AI 기초」라는 새로운 교재를 내놓았다. 고등학생과 일반인들을 대상으로 한 인공지능 교과서인데, 관련된 일을 하는 사람들의 평가가 벌써부터 좋았다. 중등교육과정의 수학을 배운 사람이라면 따라갈 수 있도록 설계되어 있으면서도, 그 사용 예시가 현실과 맞닿아 있다는 것이었다. 전문가들은 입문자라면 굳이 시중에 있는 비싼 책을 사서 읽느니 이걸 읽는 게 훨씬 나을 거라고 말했다.

교재는 인터넷에서 무료로 내려받을 수 있었다. 나는 호기심이 생겨 교재를 다운받고 찬찬히 정독했다. 혹시 모르는 일이었다. 내가 이 친절한 책의 세례를 받고 갑자기 AI에 눈을 뜰지도,

그리하여 4차 산업혁명의 기수가 되어 기계 주인님의 상징이 자수된 깃발을 휘두르게 될지도. 딥 러닝의 아버지라고 불리는 제프리 힌턴도 학부 전공은 나랑 같은 심리학이었다.

물론 모든 진취적인 모험은 커다란 실패의 확률을 안고 가는 도박이며, 안타깝게도 나는 힌턴과 꽤 거리가 있는 인간이라는 게 곧장 드러났다. 소리 데이터분석 챕터에서 푸리에 변환 이야기가 나올 때부터 어지러워졌다. 아니, 요즘은 고등학생들이 이런 걸 배우나? 문이과의 차이가 있겠지만, 잠깐, 문이과 구분도 폐지되잖아?

이전에 사회과학대 후배 몇 명에게 프로그래밍을 따로 가르쳐주었던 기억을 떠올렸다. 나는 12학번인데, 졸업 이후에야 프로그래밍을 부랴부랴 배웠다. 그런데 인공지능 붐이 불고 난 후 학교가 다급히 프로그래밍을 필수과목으로 지정한 것이었다. 나는 난생처음 보는 개념에 고통받는 후배들을 도왔다. 프로그래밍이라 해봐야 대단히 기초적인 내용이라 그걸 보고도 걱정하지 않았다.

하지만 고등학생들을 대상으로 한 인공지능 교과서를 보자 진짜로 두려워졌다. 인터넷을 돌아다니던 와중에 본 한 유머가 생각났다. 엑셀을 능숙하게 다루는 사원이 간단한 함수를 이용하여 빠르게 업무를 끝낸다. 그것을 본 과장이 말한다. "엑셀 함수 너무 사용하지 마세요. 편리한 만큼 위험할 수가 있어요. 닭 잡는 데 소 잡는 칼이 필요할까요?" 우리 세대는 컴퓨터가 인간보다 훨씬 더 믿음직한 것을 알기에 그 사람을 보고 웃는다.

우리는 그처럼 되지 않고 싶기에, 그리고 그럴 거라고 믿기에 그를 조롱한다. 하지만 나는 우리가 지금의 고등학생들에게 똑같은 조롱의 대상이 될 거라는 엄혹하고 그럴듯한 예상이 들기 시작했다. "이 94년생은 행렬의 특이값 분해도 할 줄 모른대! 파이토치 손실함수도 자기 손으로 못 바꾼다잖아." 같은 말을 듣지 않을까? 지금은 그래도 노력하면 어느 정도는 따라잡을 수 있겠지만, 나이가 들면 들수록 내 책임은 많아지고 육체적인 한계 또한 커질 것이다.

이토록 빠르게 발전하는 세상에서 뒤처지지 않는 게 가능이라도 할까? 나이가 들면 경험이 자산이 된다지만, 그 경험이란 자산의 가치 자체가 자유낙하하고 있는걸? 혁신의 시대에 사는 것, 그것은 나란 존재의 감가상각이 그만큼 신속하다는 뜻이기도 했다.

몇 번 경주마에 거시겠어요?

데이터 과학자 태영은 내 후배이고, 재능 있고 똑똑하며, 사회학과 출신이고, 탈문돌 모임을 이끌었다.

태영의 탈문돌 모임은 느슨했지만 구성원의 특색은 분명했다. 우리는 모두 고등학교 때 문과를 택하고 대학교에 들어와서는 인문학부나 사회과학부에 들어간 후, 그 지긋지긋한 딱지가 부여한 저임금의 숙명을 벗어나고 싶어 하는 자들이었다. 대부분은 한때 대학원을 진지하게 고려할 만큼 자기 전공을 사랑하던 사람들이었다. 하지만 학년이 오르면서 취업률과 처우 등의 문제를 확인하고 난 후, 글쎄, 그 순수한 사랑은 현실의 무시무시한 무게감에 으깨져버린 것이다.

태영은 탈문돌 측면에서 꽤 대단한 업적을 이뤄냈다. 1학년 때는 지젝과 라캉을 통독하며 사회학 대학원 진학을 목표로 하던 인간이 갑자기 통계학과 프로그래밍 서적을 읽더니, 카이스트 경영공학 대학원에 진학했다. 시뻘건 마음을 가졌던 이가 경영학과 공학이 둘 다 들어간 학문을 공부하게 되다니. 어쨌든 대학원 진학은 피하지 못했다는 점에서 숙명적 비극의 느낌도 난다.

태영은 대학원에 들어가기도 전에 이미 능력을 인정받아 여기저기서 프로젝트를 수주하더니 태영처럼 일했다. 내가 이런 동어반복적인 비유를 쓰는 이유는 딱히 여기에 댈 만큼 일을 많이 하는 존재가 별로 없기 때문이다. 중세 시대의 농노들은 해가 지면 일을 그만두고 집에 들어가서 귀리죽을 먹고 꿀잠을 잤다. 그에 반해 태영은 하루에 네 시간씩 자고, 전철에서 노트북을 보며 일하곤 했다. 나 같은 경우 전철에서 옛날 비디오 게임의 OST를 듣는 것을 좋아한다. 솔직히 화장실에도 노트북을 들고 갔다는 이야기를 들었을 때는 아주 걱정스러웠다. 내가 그의 존엄에 그렇게 신경 쓰지는 않지만 그래도 최소한은 지키면 좋을 텐데.

뒷간에서도 코딩을 한 결과 태영은 돈은 잘 벌었다. 하긴 그렇게 억척같이 일하고 싶어도 일감 자체가 없는 경우가 썩어 넘치는 세상이었다. 나도 전공인 심리학과 취미인 문학이 재미있었지만, 이대로는 왠지 졸업하자마자 노량진 고시원을 알아봐야 할 것 같다는 예감이 들었다. 뭔가 기술을 공부해야겠다는 생각을 하지 않을 수가 없었다. 기술이 없으면 대체될 거라는 불안감이 마음속에 가득 찼다. 태영이 좀 부럽기도 했다.

텍스트를 읽고 쓰는 것은 취미로 미뤄두기로 하고, 프로그래밍을 배우기 시작했다. 재미있게 공부하기는 했다. 이 분야는 전공자가 아닌 사람도 충분히 접근할 수 있을 만큼 교육자료의 접근성이 좋았다. 그럴 수밖에 없기도 하다. 예를 들면 내가 유기화학이 갑자기 공부하고 싶어졌다고 해도 집에 화학 실험실을 차리고 온갖 위험한 유기촉매들을 들여놓을 수는 없다. 하지만 컴퓨터공학은 배우고 싶으면 인터넷이 연결되는 컴퓨터 하나만 있으면 되니까.

그런 이유 때문에, 이 분야는 문화 자체가 상당히 개방적이었다. 개발자들은 자신이 가진 귀한 정보를 블로그나 유튜브 등에 거리낌 없이 공유하곤 했다. 나는 프로그래밍을 배우기 전까지는 공부를 할 때마다 반드시 그 주제에 대한 책을 사서 읽었는데, 알고리즘이나 자료구조 같은 컴퓨터공학의 기초적인 내용을 공부할 때는 오직 인터넷만으로도 충분했다.

자유 소프트웨어 운동과 오픈소스 문화에는 개인적으로 깊은 감명을 받기도 했다. 개발 커뮤니티에는 소프트웨어의 코드를 전부 공개할 뿐만 아니라 복제와 재배포 및 수정을 적극적으로 권유하는 문화가 있는데, 그 기반에는 여러 사람들의 자발적인 참여를 통해 소프트웨어가 더 나아진다는 믿음이 있다. 실제로 이 업계는 모든 산업들 중에서도 가장 혁신이 빠른 분야 아닌가! 얼마 전 스페이스X에서 발사한 우주선에 설치된 운영체제가 오픈소스인 리눅스였다는 것을 생각하면 그 믿음은 실제로 커다란 성공을 거두고 있는 것 같다.

자발적인 참여를 통한 사회의 개선… 장벽의 완화… 모두가 협업하여 더 나아지는 세상…. 이 모든 이상에는 내 가슴속의 시뻘건 부분을 정밀 타격하는 면모가 있었다. 그래서 한때는 개발 일을 하면서 평생 먹고살아도 괜찮을 것 같다고 생각했다. 수요가 풍부한 직종이니 느슨하게 먹고살 수 있으리라고 생각했다. 나는 게임 개발과 웹앱 개발에 관심이 많았다. 6개월 정도 공부한 뒤에 야금야금 돈을 벌기 시작했다.

하지만 야금야금 수익이 들어오면서 그동안 간과해온 사실을 눈치챘다. 이쪽은 빨라도 너무 빨랐다. 매년 대세가 되는 새로운 기술이 출몰해서, 매번 그것을 새로 배워야 했다. 그것이 혁신의 대가였다. 그냥 컴퓨터를 할 때는 몰랐는데 내가 사용하던 프로그램들의 뒤에는 상시적으로 변화가 일어나고 있었다. 프로그래머들이 자기계발에 열심인 이유를 그제야 알았다. 그들 중에는 새로운 기술을 익히고 자기계발을 하는 행위 자체를 '즐기는' 사람들이 있었다. 어릴 때부터 자발적으로 프로그래밍을 배워서, 그냥 하루에 두 번씩 파스타만 방에 집어넣어주면 알아서 쑥쑥 프로그래머로 자라나는 사람들. 두세 번 환생을 하지 않는 이상 나는 결코 다다르지 못할 경지였다.

나의 욕망은 명확했다. 오래갈 만한 기술을 잡아서 하나 쭉 판 다음 그걸로 평생 느슨하게 먹고살고 싶었다.° 평생직장이라는 아름다운 말도 있지 않나. 나는 수많은 사람들처럼 익숙한 일을 스트레스 없이 하는 걸 좋아했다. 그런데 그 욕망을 이루기가 너무 힘들었다. 새로이 나오는 수많은 내용들 중 가장 장래성이 밝아 보이는 것에 내 판돈을 걸어야 했는데, 이게 불안의 씨앗이 되었다.

무얼 해야 하지? 알파고가 핫했으니 역시 나도 다른 사람들이 타는 인공지능 코인에 탑승해야 하나? 지금이야 핫하지만 장기적으로는 너무 사람들이 많이 몰리지 않을까? 직접 하면서 가장 재미있는 건 프론트엔드였는데 UI를 할까? 그런데 사실 내가 그렇게 감각적이지는 않잖아. 학교에서 생물학 전공도 꽤 들었는데 이왕 이렇게 된 거 생물학을… 그런데 미래에 얼마나 돈을 잘 벌까? 원래는 심리학 대학원을 가고 싶었는데 …. 미쳤어, 심너울? 어떤 기술이 다른 기술에 밀리지 않을까, 어떤 직업이 대체되지 않을까, 그렇게 해서 남은 직업들 중 무엇이 과연 내가 전문성을 가질 수 있는 직업일까?

내가 어떤 커다란 추상의 경마장에 들어가 있다고 생각했다. 지금 무언가를 하나 택해서 배우면, 그 경주마에 내 돈을 올인하는 것이다. 어떤 경주마는 지금은 잘 달리고 있지만 향후에 고꾸라질 수도 있다. 지금 골골대는 경주마가 몇 년 뒤에 갑자기 승천할 수도 있다. 경주마는 아무 문제없는데 내 문제 때문에 스스로 파멸할 가능성도 무시무시하게 높다. 미래를 그 누구도 알 수 없다는 당연한 사실 때문에 나는 지극히 불안했다.

사실 나는 모든 것을 올인하고 있지도 않았다. 프로그래밍을 체계적으로 배우지 않았기에 처음부터 단추를 잘 꿰맞췄는지 알 수 없었고, 그 계획적인 면모가 내 적성과 맞지 않는다는 느낌이 들 때마다 심연의 구렁텅이로 빠져드는 느낌이 들었다. 나는 화장실에서도 코딩을 하는 태영의 모습을 떠올렸다(그 디테일까지 상상하지는 않았다). 나는 절대 그렇게 열심히 살 수는 없었다. 그런데 그렇게 열심히 하지 않으면 아무것도 될 수 없을 것 같다는 생각이 들었다.

불안을 곱씹으며 정신적으로 너덜너덜해진 나는 글 쓰는 장면으로 철수해 시간을 보냈다. 2년 정도 탈문돌의 조수를 탔다가 가장 문돌스러운 업무로, 안온하지만 잔혹한 텍스트의 세계로 돌아온 것이었다. 일 자체는 재미있었지만, 나는 내가 코스를 역주행하고 있는 경주마에 기둥뿌리를 뽑아 올인하고 있다고 생각했다. 조금이라도 할 줄 아는 프로그래밍을 언젠가 다시 각 잡고 배우지 않으면 큰일날 거라는 싸늘한 예측이 가슴속에 돌아다녔다.

그러던 차에, 앞서 말했던 태영이 1년 6개월 만에 대학원을 조기졸업했다. 해당 학과에서 석사 조기졸업은 그가 처음이라고 했다. 나는 내가 그처럼 열심히 살 수 없다는 명백한 사실을 잘 알고 있었기에 이젠 부럽다기보다는 담담했다. 태영과 식사를 하면서 차후의 계획에 대해 물었다.

"이제 뭘 하고 살 거니?"

그러자 태영이 답했다.

"다시 사회학 영역에서 일할 거야."

나는 기괴한 신음을 흘렸다.

“탈문돌 한다더니 이제는 백문돌 하고 있는 거야?”

“글쎄, 기술은 아무리 잘해봤자 시간이 흐르면 난 대체될 거야. 내가 리누스 토르발스나 리처드 파인만 같은 천재가 아닌 이상 나라는 인간의 감가상각이 더 빠르지. 그리고 기술은 내가 1순위로 좋아하는 게 아니야. 가장 좋아하는 걸로 플레이하지 않는 게임에서 이길 수는 없어. 지금이야 에너지가 있지만, 나이가 들어서까지 좋아하지 않는 데서 계속 일할 수 있을까? 내가 가장 좋아하고 그 스킬을 꾸준히 갈고닦을 수 있는 건 결국 사회과학 영역이야.”

인정하기 싫지만 태영에게 설득당하고 말았다. 그래도 태영은 ‘지금은 아직 에너지가 있다’고 말했지만, 나는 전철이나 화장실에서까지 프로그래밍을 할 만큼 에너지가 있었던 적이 단 한 번도 없었다. 내재적으로 재미를 느낄 수 없는 것을 수십 년 동안 할 수 있을까? 그런 발전에서 재미를 느끼는 사람들도 있는데? 하지만 글을 쓰는 일은 적어도 재미가 있었다. 결국 기술을 따지기도 전에 이미 나름대로 글쓰기라는 경주마에 무의식적으로 내 취향과 에너지를 걸고 있었던 것이다. 이이고.

그다음 날 나는 차마 미련을 버리지 못하고 재워두었던 몇몇 기술서적들을 내다 버렸다. 그래도 그 기반이 되는 지식이 어렴풋하게 머릿속에 남아 있을 테니 언젠가 도움이 되겠지, 하고 애써 생각하면서.

객관적으로 보았을 때, 내가 건 경주마에 좋은 점도 있긴 하다. 소설가들은 오랫동안 인공지능에 대체되지 않을 것이다. 읽을 만한 소설을 쓸 정도의 자연어처리 인공지능에는 꽤 커다란 컴퓨팅 파워가 쓰일 텐데, 소설 시장은 2000년대 이후로 항상 불황이기 때문이다. 무엇하러 돈 안 되는 일에 무지막지한 컴퓨팅 파워를 굳이 쓰고 있겠나? 또, 설령 인공지능이 창의적인 일을 그럴싸하게 해낼 수 있다고 해도 현대의 출판계는 극도의 승자 독점 시장이기 때문에 '그럴싸하게' 해내는 정도로는 파이를 얻을 수 없다. 나는 나보다 잘하는 다른 사람들에게 대체될 걱정만 하면 되는 것이다. 와, 기뻐라.

◦

이제는 '오래갈 만한 기술을 하나 잡아서 쭉 판 다음 그걸로 평생 느슨하게 먹고살고 싶다'는 생각을 하지 않는다. 그런 건 환상이고, 어느 영역에서든 우리는 영원히 단련해야만 한다. 이 세상은 그토록 저주받은 것이다.

튜링 테스트를 통과하는 비법

튜링 테스트는 1950년에 앨런 튜링이 제안한 것인데, 인공지능이 사람처럼 생각할 수 있는지 판단하는 데 사용된다. 평가자 한 명과 두 명(개?)의 응답자가 있는데, 응답자 하나는 사람이고 하나는 인공지능이다. 평가자는 그중 하나가 인공지능이라는 사실을 알지만 정확히 어느 쪽이 인공지능인지는 알 수 없다. 평가자와 응답자는 텍스트를 이용하여 서로 대화를 나눈다. 여기서 평가자가 인공지능을 정확하게 판별할 수 없다면 인공지능은 사람처럼 생각할 수 있다고 여겨진다.

일단 지금 이 글을 쓰고 있는 2020년 가을까지 튜링 테스트를 통과한 인공지능은 없다. 요즘에는 정말로 사람을 깜짝 놀라게 할 정도로 그럴싸한 텍스트를 만들어내는 인공지능도 나오긴 한다. 최근 GPT-3이라는 자연어처리 모델이 보여준 텍스트는 정말로 인상적이었다. 하지만 텍스트가 어느 이상으로 길어지면 횡설수설하고 지리멸렬해지는 것만큼은 아직 해결이 안 된 모양이다. 물론 딜레이 없이 횡설수설하는 것도 생각보다 쉬운 일이 아니긴 하지만.

웬 튜링 테스트 이야기냐고? 어제 과학 기사를 보다가 놀라운 생각이 떠올랐기 때문이다. 아, 그 기사를 요약하자면 이렇다. 유리는 고체와 액체의 특성을 동시에 가지고 있는데, 거시적으로는 척 봐도 고체 같지만 입자 배열이 대단히 무질서한 점이 액체 같다고 한다. 유리는 특정 온도에서 굳혀질 때 입자 운동이 상당히 느려져 과냉각 상태에 빠지는데, 이 입자 운동이 어떤 입자 간의 상호작용을 통해 느려지는지는 사위도 며느리도 모른다고 한다. 그런데 그래프 데이터의 분석에 사용되는 인공신경망인 GNN을 이용하여 유리 입자의 상호작용을 예측하고 그 원리를 연구한다는 것이었다. 신기한 현상에 대한 의문점을 이해하기 쉽게 설명하고 현대 인공지능을 도입한 연구의 발전상을 정밀하게 보여주는 아주 재미난 기사였다.

재미난 기사를 읽고 들뜬 나는 치명적인 실수를 저지르고 말았는데, 즐거운 마음에 기사에 달린 댓글까지 읽기 시작한 것이다.° 과학 기사니까 이상한 댓글은 없을 거라고 방심하던 탓도 있었다. 전두엽에 둔중한 충격을 가하는 끔찍한 댓글들을 보며 나는 방심의 대가를 치러야 했다. 그 끔찍한 댓글의 유형들은 다음과 같다.

ㄴ 도저히 상관을 짐작조차 할 수 없는 정치사회 이슈를 무리하게 가져다대서 붙이는 이슈 추적자들. 물론 우리 사회에 대한 관심을 가지는 건 민주주의 사회에서 권장할 만한 시민의 자세다. 하지만 굳이 과학 기사에서 그런 원색적인 비난을 해야 할까?

ㄴ 읽지 않고 그냥 'A는 B다'라는 식으로 냉엄한 결론을 내리는 진리의 심판관들. 왜 기사를 읽지도 않고 자기 머릿속에서 떠돌고 있는 혼란한 잡념을 굳이 내뱉고 싶어 하는지 나는 죽을 때까지 이해할 수 없을 것이고, 이해하고 싶지도 않다. 이 문제에 대해서는 전 세계에서 가장 잘 알고 있을 과학자들에게 그렇게 냉엄한 조언을 할 수 있다면 어서 가서 자신의 노벨상을 쟁취하는 게 좋을 텐데.

ㄴ 다짜고짜 핵심을 요약해달라고, 기자도 이해하지 못하는 게 틀림없다고 애꿎은 기자에게 욕을 쏟아붓는 스파크노트의 갈망자들. 요약을 바랄 수도 있겠지만 기자를 욕할 이유는 또 어디에 있을까? 왜 자기가 듣기 싫은 말을 너무나 당연하게 주워섬길까?

이 쟁쟁한 텍스트의 형태를 띤 정신적 배설물들, 그중에도 최악은 있었다. 고등학생처럼 보이는 사람이 기사를 보고 비문학 공부를 하던 중에 재미있다고 훈훈한 댓글을 달았는데, 그 댓글의 답글에다 누가 "입시지옥"이라고 써놓은 거였다. 한국 입시 제도에 대해 비판적인 시각을 가질 수는 있지만, 기사를 찾아 읽고 즐거워하는 학생에게 굳이 할 말은 결단코 아니었다고 확신한다. 그냥 어떤 키워드를 집어넣으면 머릿속에 있는 데이터베이스에서 단어를 찾은 다음에 토해내는 것이다.

'삐빕삐빕 … 비문학 … 공부 … 삐빕삐빕, '입시지옥'을 출력합니다 … 삐빕삐빕 ….'

이런 발화에는 아무 맥락도 존재하지 않는다. 최소한의 최소한만큼도 소통하고 이해하고자 노력을 기울이지 않는 모습이 대단히 인상적이다. 사람은 사회적인 동물 아니었던가?

자, 이야기는 다시 튜링 테스트로 돌아온다. 튜링 테스트의 평가자에게 조금의 실험적 처치만 가한다면 매우 긍정적인 효과를 볼 수 있을 것이다. 평가자가 테스트 전에 거대 포털 사이트의 기사 댓글을 10분 정도만 보면 된다. 시리와 빅스비 모두 넉넉하게 튜링 테스트를 통과할 거라고 확신한다. 사람에 대해 기대하는 기준이 크게 내려앉고, 머릿속이 좀 멍해지기 때문이다.

정치 기사나 사회 기사의 댓글들이 가장 효과가 좋겠지. 그 원색적인 비난과 증오에 딱 1분만 노출되어도 뇌가 초고온의 마그마에 풀어헤쳐진 달걀물처럼 되는 효과를 얻을 수 있다. 하지만 이건 윤리적으로 분명히 문제가 있다. 그러니 문화나 과학 섹션의 기사 댓글 정도만 사용하자. 그것으로도 윤리에 위반이 되지 않는 선에서 충분히 효과를 얻을 수 있을 것이다.

°

포털마다 댓글의 느낌이 조금씩 다르다. 네이버 댓글은 지나치게 악랄하고, 다음 댓글은 조금 더 진한 광기가 엿보인다. 네이트 댓글은 중학교 일진 같은 느낌이다.

글쓰기 소프트웨어의 문제

"왜 우리가 꿈꿨던 2020년은 실현되지 않은 거죠? 보세요. 「블레이드 러너」의 시간적 배경은 2019년이라고요. 그 세상에서는 모두가 바란 대로 차가 날아다닌다고요. 그뿐인가요. 그 세상에서는 사실상 인간과 구분이 불가능한 완전한 수준의 인조인간을 레플리컨트라고 만들어서 쓴다고요. 그런데 우리가 사는 이 지루한 세상에는 날아다니는 차도 없고 인조인간도 없어요. 신종 코로나 바이러스는 있네요."

이런 푸념에 으레 따라 나오는 대답이 있다. 우리의 문명은 조금 다르게 발전했을 뿐이라고. 비록 날아다니는 차를 상용화하지 못했고 인조인간을 만들 정도로 뛰어난 생명공학을 보유하지도 못했으며 아직 아무도 화성에 발을 디디지 못했지만, 대신 정보공학이 무시무시하게 발달했다는 것이다. 하긴 40년 전에 자신만만히 미래를 예측하던 사람들 중 대부분은 지구가 광속 통신으로 이렇게 하나될 거라고는 꿈도 못 꿨다. 그리고 대부분의 사람들에게 그 광속 통신에 접근할 수 있는 단말, 즉 스마트폰이 주어질 거라고는.

하지만 글쓰기 소프트웨어 때문에 몇 년 동안 고민하다 보면 그런 해명에 삐뚜름한 태도를 보일 수밖에 없다. 2020년, 우리 세상에는 한국어로 장편소설과 단편소설과 각본 등등의 문학적 글을 쓰기에 적합하고 맥과 윈도우와 모바일 크로스 플랫폼으로 돌릴 수 있으면서도 동기화 등에 있어서 기타 잔버그 없이 돌아가는 프로그램이 단 하나도 없다. 구조화가 되면 워드프로세싱 기능이 크게 모자라고 워드프로세서로 쓸만하면 구조화가 안 되고 둘 다 되면 다른 데서 나사가 필히 빠져 있다. 나는 집에서는 윈도우가 깔린 데스크톱으로 글을 쓰고 바깥에서는 맥북으로 쓰며 가끔 아이패드로 검토하는데, 프로그램 문제 때문에 머리카락이 죄다 빠져버릴 지경이다. 실제로 빠지진 않았고 그만큼 스트레스가 크다는 뜻이다.

MS Word나 한글이 당장 떠오를 것이다. 두 프로그램으로 맥과 iOS에서 소설을 쓰는 건 사실상 불가능하다. 왜냐하면 폰트 렌더링 시스템 문제 때문에, 한글 글자 수가 2만 자를 넘어가기 시작하면 엄청난 지연이 걸리기 때문이다. 그 지연이 어느 정도냐면, 키보드로 문장 하나를 다 타이핑하고 나면 화면에는 반응이 없다가 몇 초 뒤에 천천히 하나씩 떠오르기 시작하는 수준이다. 나는 2019년 후기의 15인치짜리 맥북 프로를 사용하고 있고, 여기 탑재된 프로세서는 2000년대 초반의 가장 강력한 슈퍼컴퓨터에 버금간다. 2000년대 초반에 누군가는 이 슈퍼컴퓨터로 미래의 날씨를 예측했고 누군가는 무시무시한 전쟁 무기의 효율성을 알아보기 위해 수치해석 시뮬레이션을 돌렸을 것이다. 그리고 그와 같은 성능의 컴퓨터가 책 40페이지 분량의 한글을 화면에 띄우는 것만으로도 골골대고 있다. 심지어 페이지스 같이 애플에서 만든 애플리케이션에서도 완전히 똑같은 문제가 있다.

노션과 에버노트도 추천을 많이 받았다. 나는 한때 에버노트를 사용했고 지금은 노션을 메모와 협업, 포트폴리오 작성 등에 아주 유용하게 써먹고 있다. 두 프로그램은 문서의 구조화 측면에서는 따라올 프로그램이 없으며 크로스 플랫폼 지원과 동기화도 훌륭하다. 문제는 이 두 프로그램의 커스터마이징 폭이 상당히 좁다는 것이다. 한컴오피스에 딸려 있는 글맵시 기능이 필요하다는 건 아니다. 내 글은 책으로 출판되기 때문에, 실제 출간되었을 때 어떻게 보일지 신경을 쓸 수밖에 없다. 따라서 폰트와 용지 여백을 원하는 대로 조정할 수 있는 기능을 절대 포기할 수 없다. 여기서 두 프로그램은 또 탈락이다.

그나마 최근 몇 달은 스크리브너에 정착해 있었다. 스크리브너는 한때 '이걸 쓰기 위해 맥을 산다'는 말이 나올 정도로 기능이 다양한 문서편집 프로그램이다. 노션이나 에버노트처럼 문서의 구조화도 할 수 있는 데다가 용지 여백, 폰트 등도 MS Word처럼 쉽게 조정할 수 있으며 5단계 수정까지 다른 색으로 표시해주는 등 수많은 부가 기능도 있다. 가장 놀라운 것은 맥에서 아무리 많은 한글을 쳐도 지연이 걸리지 않는다는 점이다. 마이크로소프트와 애플, 한글과컴퓨터의 개발자들이 모두 해결하지 못한 문제를 이 작은 회사의 개발자들이 홀로 풀어낸 것이다. 외계인이라도 하나 잡아왔나 보다. 여튼, 이 프로그램은 윈도우와 iOS에서 크로스 플랫폼으로도 사용 가능하다. 윈도우 버전은 2018년에 출시한다 해놓고 2년 넘게 미루면서 베타 버전만을 내놓고 있지만 베타도 아무 문제없이 쓸 수 있다.° 하지만 아쉽게도, 알 수 없는 이유로 iOS에서는 드롭박스 안에 있는 파일만 불러올 수 있었다. 내가 사용하는 클라우드는 드롭박스가 아니라 원드라이브라서 크로스 플랫폼 기능은 사용할 수 없었다. 그래도 그 정도는 참을 수 있다.

그런데 며칠 전에 생각지도 못한 사고가 터졌다. 스크리브너의 윈도우 버전이 갑자기 패치를 하더니 이상한 버그가 생긴 것이다. 양쪽 정렬 문제였다. 한국어와 영어의 양쪽 정렬 방식은 사뭇 다르다. 영어는 단어가 중간에 잘려서 다음 줄로 내려가 버리면 읽기가 상당히 힘들어지기 때문에 양쪽 정렬을 하면 단어를 최대한 보존하는 방식을 택한다. 그를 위해서 단어 사이의 공백이 유동적으로 변한다. 하지만 한국어는 한글의 특성상 단어가 중간에 잘려도 읽는데 큰 문제가 없기 때문에 단어 사이의 공백은 그대로고 그냥 단어를 잘라버리는 방식을 택한다. 그런데 스크리브너가 패치를 하더니 한국어에도 영어와 같은 방식을 적용한 것이다! 나는 문장 사이에 어마어마한 공백이 탄생한 것을 보고 한숨을 쉬었다. 설정을 아무리 뒤적거려도 관련된 옵션은 아무 데도 없었다.

나는 스크리브너 포럼에 찾아갔다. 그곳에는 3년 가까운 시간 동안 죽치고 앉아 윈도우 버전의 정식 발매를 요구하는 불행한 영혼들이 가득했다. 그 고통받는 영혼들은 어차피 영어 화자들이라 쓸만한 소프트웨어도 넘쳐나는데 대체 무슨 문제로 아직도 이걸 기다리고 있는지 이해하기 힘들었다. 나는 그 영혼들 사이에서 조용히 한글에 갑자기 적용되는 가변 간격에 대해 항의했다. 아무도 답하지 않았다. 메일을 보내도 매크로 답만 돌아왔다. 가상공간에서 드러누울 수도 없는 노릇이고.

생각해낼 수 있는 해결책은 두 가지뿐이었다. 가장 합리적인 첫 번째는 짚신벌레에 진주 목걸이나 다름없는 맥북 프로를 당장 당근마켓에 내다 팔고 그램이나 XPS 같은 괜찮은 윈도우 노트북을 사서 MS Word로 행복하게 글을 쓰는 것이다. 문제는 2020년에 애플에서 이전 성능을 우습게 초월하는 새로운 칩셋을 내놓았고, 2019년형 맥북의 중고 가격이 급락했다는 것이다. 그나마 위안이 되는 것은 그 우월한 칩셋을 단 2020년형 맥북에서도 한글을 너무 많이 치면 버벅댈 거라는 사실뿐이다.

두 번째 해결책은 상당히 아름답게 느껴진다. 당장 인터넷으로 200자 원고지 1만 매와 만년필, 그리고 클리어 파일을 여러 묶음 사는 것이다. 출판계에서는 아직 200자 원고지 기준으로 책의 분량을 계산하기 때문에 내 일과도 어울리고, 클리어 파일을 적절히 사용하면 문서의 구조화도 어렵지 않을 것이다. 거기다 원고지와 만년필은 한글을 많이 쓴다고 해서 폰트 렌더링 시스템이 버벅거리지 않는다. 200자 원고지에 만년필로 글을 한 글자 한 글자 새겨서 출판사로 보내면 나는 그걸 일일히 베껴서 디지털화를 해야 할 편집자들과 아주 돈독한 우정을 맺을 수 있을지도 모른다. 추가로, 마지막 순간에 "내 원고는 모두 불태워 주시오"라는 유언을 남길 때 그걸 내 대리인이 실현할 수 있는 가능성도 꽤 높아질 것이다.

°

2021년 3월 19일, 4년이 넘는 개발 끝에 스크리브너 윈도우판은 정식 출시되었다. 언급된 문제는 당연히 고쳐지지 않았다.

21세기 신문고

요즘 주목하고 있는 청와대 청원이 있다. '자유계약직, 비정규직 세금 징수 제도 개선 건의'라는 제목의 글인데, 나 같은 프리랜서들이 겪는 매우 색다른 고초에 대한 내용이다.

프리랜서는 5월에 종합소득세를 신고한다. 이 종합소득세 자료는 국세청에서 취합되어 국민건강보험공단으로 넘어가는데, 신고된 종합소득세에 따라서 건강보험료가 조정된다. 문제는 일회성 소득이 정규 소득으로 취급된다는 것이다. 일회성 소득을 계속 쌓아올리다 보면 공단은 나를 몇 년 안에 억대 연봉자로 취급하게 될 것이다. 물론 구제책이 없는 것은 아니다. 우리의 직업이 얼마나 불안정한지를 남루한 차림과 좁은 원룸 말고도 공식적으로 증명할 방법이 있기 때문이다. 한때 얽혔던 업장에서 해촉증명서를 일일히 발급하면 공단에서 보험료를 깎아준다.° 그 사업장과의 인연이 썩 달갑지 않아 다시는 메일을 보내고 싶지 않더라도 어쩔 수 없다.

새로 생긴 소득은 전산망이 자동으로 집어내는데 더 이상 발생하지 않는 소득은 서류를 내야 한다니. 마침내 누군가가 분개하여 청와대 청원을 올렸다. 12월 2일 현재 해당 청원의 참여 인원은 12,515명이다. 청원이 청와대로 올라갈 가능성은 사실상 없어 보인다. 한국에 프리랜서가 20만 명은 되지 않겠냐마는, 누군가는 그 청원이 올라왔다는 사실을 모를 거고, 또 어떤 사람은 부당한 건보료가 당연한 줄 알고 있을 거고, 또 누군가는 청와대 청원에 접근하는 방법 자체를 모를 거다.

20만 명의 프리랜서가 들고 일어나서(혹은 5만 명의 프리랜서가 4개의 포털 ID를 활용해서) 청원을 한다면 무언가가 바뀔까? 그럴 것 같지도 않다. 사안에 관련된 정무직 관료가 갈고닦은 경력을 이용하여 절묘하게 본질을 피해 좋은 말만 하는 영상 하나를 받고 끝날 것이다. 포도를 먹을 수 없게 되자 그 산미에 대해 갑자기 전문적인 식견을 드러내는 여우 같다고 말해도 좋다. 수많은 청원들이 20만 명을 넘겼지만 장기적인 변화를 부른 사례는 극도로 드물었다. 청와대 청원은 직접적인 변화를 일으키는 방법이라기보단 인터넷 시위라고 부르는 게 더 합당해 보인다.

시위는 좋은 것 아닌가? 사회문제를 대중에 환기시키고 하고 싶은 말을 공론장에 내놓을 수 있으니까. 그런데 청와대 청원은 무슨 파벌 화력의 결투장 같은 존재로 화해버렸기 때문에, 정말 공론장으로서의 가치가 있는지 모르겠다. 대통령을 공격하는 청원과 방어하는 청원에 각각 100만이 넘는 사람들이 모였다. 21세기 민주공화국에서 18세기 전제정 치하의 유생 코스프레를 하는 사람이 상소문을 올리기도 했다. 대통령을 폐하라고 부르는 상소문이 유의미한 반응을 끌어모으고 언론에도 퍼졌다는 것, 그 모든 것이 뒤틀린 블랙코미디로밖에 보이지 않는다.

거기다 인터넷에서 클릭 몇 번으로 할 수 있는 시위가 문제를 사회에 환기시키기라도 하는지 의심스럽다. 나는 이것이 SNS 등지에서 하던 해시태그 사회운동과 비슷하다고 생각한다. 아주 간단한 행동으로도 무언가 중요한 행동을 했다는 기분을 제공하지만, 관심이 없는 사람은 별 신경도 쓰지 않는다는 점에서. 그 공허한 성취감은 실질적인 행동으로의 진전을 방해할 수도 있다. 사람이 사용할 수 있는 자원은 제한적이고, '무언가 했다'는 기분이 들면 그 문제에 더 이상 신경 쓰지 않을 수도 있다.

청원이 최소한의 제 기능을 하는 때는 범죄의 피해자들이 가해자들을 성토하는 글을 올릴 때뿐으로 보인다. 안전에 대해서는 대부분 사람들의 관심이 일치하니까. 하지만 나는 흉악 범죄의 피해자들이 청원에 몰리는 이유가 우리 사회에 정의가 실현되어 있다는 신념이 부재하기 때문이라고 믿는다. 청와대에 직통으로 쏘는 방식으로 공론화라도 하지 않으면 제대로 문제가 해결될 거라고 믿을 수 없는 것이다.

신문고를 울리고 나라님 앞에 납작 엎드려 억울함을 낱낱이 고하던 옛이야기가 우리 한국인들의 머릿속에 어떤 원형으로 남아 있기에 이 아사리판이 벌어졌다고 생각한다. 아직 우리 마음속에는 군주제의 망령이 떠돌고 있으며, 청원은 그 마음속의 망령을 정확히 자극하고 있는 것이다. 글쎄, 사실 신문고도 궁궐 안에 있었고, 극도로 폐쇄적인 시스템이라 양반이 아니면 사용할 엄두도 못 냈다고 한다. 그나마 우리는 누구나 청원을 올릴 수 있으니, 전제정 시절보다는 나아지긴 나아졌나 보다.

°

2021년 초 정의당의 장혜영 의원이 프리랜서 해촉증명서 문제를 해소하기 위해 국민건강보험법 일부개정법률안을 발의했다. 정치는 우리 삶에 실제로, 정말로, 분명히 영향을 주는 것이다.

SIM
19:43
젊은 오타쿠의 슬픔
@The_Sorrows_of_Young_Otaku
311 팔로잉 129 팔로워
메인 트윗
심너울 @neoulneoul · 2020년 9월 10일
호드의 승리를 위해!
…아, 여긴 현실인가요?

베르베르의 『개미』와 그의 완성된 영혼

베르나르 베르베르의 필생의 작품 『개미』를 나는 초등학교 5학년 때 접했다. 교실 뒤쪽에 자리 잡은 '학급 문고' 칸에 겉표지가 벗겨져 나간 채로 꽂혀 있던 양장본 종이의 부드러운 질감까지 나는 생생히 기억할 수 있다. 그 책은 내가 태어난 1994년에 처음 출간되었으며, 난생처음 읽은 장편 SF 소설이었고, 지금도 꾸준히 나가는 스테디셀러이자, 100만 부 넘게 팔린 책이다.

책 속 세상에서 개미는 이미 널리 알려진 조직적인 사회상에 더해서 개체 하나하나가 인간과 크게 다르지 않은 지능을 가지고 있는 것으로 묘사된다. 개미들과 인간들, 두 지성체의 세상은 분리되어 있지만 괴팍한 천재 과학자가 상호 통신이 가능한 통역기를 만들어내면서 두 세상의 교류가 일어난다. 좋게 말하면 공동체주의적이고 나쁘게 말하면 지옥의 풀무 불에서 제련된 전체주의 사회인 개미 세상은 작품 내에서 시종일관 우호적으로 묘사된다. 그에 반해 불과 기술과 개체성으로 빚어진 인간 세상은 정신적 타락의 상징처럼 그려진다. 뉴에이지와 신비주의에 걱정이 될 정도로 심하게 빠져 있는 사람들이 스스로 고립을 택하면서까지 개미와 교류하기 시작한다.

앞에서 말했듯, 『개미』는 내가 살면서 가장 처음으로 접한 장편 SF 소설이었다. 초등학생이던 나는 대체 뭘 먹고 자라면 이런 상상을 하는지 궁금했다. 맨날 라따뚜이를 먹고 살아야 하나? 초등학생이던 내가 얼마나 감화됐냐면, 내 일기장에 '상대적이고 절대적인 지식의 백과사전'이라는 이름을 붙일 정도였다. 이 이름은 그가 자기 책에서 틈만 나면 써먹는 매우 극단적인 신비주의 설정집의 이름이다. 담담하게 쓰지만 이것은 내 삶에서 가장 민망한 기억 중 하나다. 작가로 먹고살려면 이런 치부를 고백하고 살아야 한다.

덕분에 나는 SF 장르 전반에 관심이 생기기 시작했고 팬덤을 찾아나섰다. 트위터도 없던 시기, 당시의 SF 팬덤 규모를 생각하면 쉽지만은 않은 여정이었다. 처음 팬덤과 접했을 때 나는 자랑스럽게 말했다. "제 최애 SF는 베르베르의 『개미』예요! 『나무』도 정말 좋아하고요." 아, 물론 그때 '최애' 같은 단어는 쓰이지도 않았지만 대충 시적 허용이라고 생각해주시길.

돌아온 반응은 액체 헬륨처럼 차가웠다. 인터넷에서 만난 SF 독자들은 베르베르를 증오했다. 그들은 합창했다. 그 백인 작가의 모든 소설은 지나치게 자가복제적이야. 대단히 특별하다고 생각했던 소재들, 사실은 그렇게 참신한 게 아니라 수십 년 전에 이미 뼛속 가장 깊은 골수에서 우려낸 거야. 그리고 그 어처구니없을 정도로 심각한 신비주의를 보라고.

나는 고전 SF를 읽어보았다. 정말로 즐겁게 읽은 작품도 있었지만, 당시의 내게는 현학적으로 느껴지는 작품도 만만찮게 많았다. 그런데 다시 베르베르 작품을 읽자니 그들이 한 말이 생각나서 도저히 다시 집어들 수 없었다. 마침 월드 오브 워크래프트를 시작한 나는 약 15년간 SF 자체에 대한 흥미를 모두 잃어버렸다.

그가 들은 비난이 다 틀린 말은 아니었다. 베르베르의 작품은 『개미』 이후로 꾸준히 밀도가 낮아졌다. 그의 소설은 한 말을 또 하는 경향이 있고, 오리엔탈리즘이 곁들여진 신비주의 사상은 온건히 말해서 당혹스럽다. 인간의 뇌는 우주와 동등하다든가, 정신적 성장을 통해서 말 그대로 신적인 존재로 거듭난다든가. 그리고 그의 작품에서 너드 남성이 매력적인 금발 백인 여성과 지속해서 맺어지는 것을 볼 때마다 어떤 생각을 하게 되기도 한다.

하지만 지금 생각해보면 그는 자기 소재가 세상 어디에도 없는 참신한 것이라고 동네방네 자랑한 일이 없다. 어쨌든 빠른 호흡의 문체로 전개되는 그의 글은 강렬한 페이지 터너다. 그 신묘한 판매량은 결코 허투루 얻어지지 않은 것이다. 자가복제적이라고 비판할 수도 있지만 모든 작가의 세계에는 한계가 있고, 자기가 가장 잘 쓸 수 있는 것을 쓰게 되어 있다. 나는 그가 한국에도 SF 소설의 수요가 충분하다는 사실을 분명히 보여줬다고 생각한다.

베르베르의 소설이 SF라고 적극적으로 딱지가 붙는 경우는 드물다. 좀 더 솔직히 말하자면, SF라는 단어가 붙는 것을 꺼리는 것 같다. SF 소설로 분류되면 판매량이 급락한다는 풍문은 꽤 오랫동안 출판계에 공공연했다. 어떤 사람들은 적극적으로 SF와 베르베르를 분리하려 들기도 한다. 베르베르는 SF답지 않게 허황되고 공상적이지 않다나? 그런 말을 들으면 애꿎은 작가에게 적대감이 생길 만도 하다. 그것도 오랫동안 마이너함으로 고통받은 장르의 팬덤에서는.

베르베르 소설의 판매량이 한국 SF 소설의 성장을 좀 더 직접적으로 견인했다면 좋았을 텐데. 그럴 수 있는 기회도 분명히 있었겠지만, 아쉽게도 이제 그 가능성은 그렇게 커 보이지 않는다. 괜찮다. 이제 이 시장도 자라나고 있으니 베르베르가 받는 애꿎은 비난과 증오도 계속 줄어들 거다. 그때 팬덤은 그를 객관적으로 평가할 수 있겠지.

나로 따지자면 베르베르를 사랑했다가 증오했지만, 이제는 진심으로 존경하고 있다. 왜? 그는 지금도 매년 최소 한 권의 장편을 뽑아내고 있으니까. 심지어 그렇게 책이 많이 나갔는데도 말이다. 나는 만약 외국에서 내 책이 수백만 부씩 팔리면 모든 출판사들의 연락을 당장 차단한 후, 그 국가의 언어를 배우고 유튜브 채널을 만들 것이다. 그렇게 커다란 성취를 이뤄낸 다음에도 계속 글을 쓴다는 것은 진정 글쓰기를 사랑하는 완성된 영혼만이 해낼 수 있는 위업이다.°

°

『아레나 옴므』 매거진 2020년 11월호 수록

21세기를 사는 자라면 「힐다」를 보아야 한다

「힐다」는 루크 피어슨의 아동용 그래픽 노블을 원작으로 한 넷플릭스 오리지널 애니메이션 시리즈다. 2021년 1월 7일 현재 시즌 2까지 나왔는데, 파란 머리카락의 소녀 힐다를 주인공으로 환상 세상에서 벌어지는 이야기를 다룬다. 트롤들의 터 한복판에 세워진 도시 트롤버그와 그 바깥의 신비로운 자연으로 대표되는 환상 세상 속에는 20세기 후반 현실의 사회문화와 북유럽 신화가 절묘하게 뒤섞여 있다.

「힐다」는 누가 봐도 재미있다. 간결하지만 깔끔한 그림은 눈을 즐겁게 한다. 특히 그 색감각은 문외한이 보아도 대단하다. 조명에 따라 달라지는 팔레트를 보고 있으면 대체 루테인을 얼마나 먹고 살아야 이렇게 훌륭한 시각적 관찰력을 가지게 되는지 따져 묻고 싶을 지경이다. 장면 배치를 통한 연출의 수준은 이미 승전의 영역에 도달했다. 그렇게 설명이 많지도 않은 것 같은데 순식간에 절정에 다다른 세계의 내적 완결성을 담보하는 솜씨는 믿을 수가 없다. 몇 화 만에 나는 힐다의 세상이 우주 어딘가에 존재한다고 진지하게 믿게 되었다.

「힐다」는 흥미진진한 모험을 통해 우리에게 다른 것과 대면하는 방법을 가르쳐준다. 자연에서 자라난 힐다는 넓지는 않지만 디테일로 가득 찬 세상 속 곳곳을 탐험하며 온갖 미지를 목격한다. 괴물들, 인간과 다른 존재들, 타자들. 힐다는 외부의 낯선 존재들과 서슴없이 대화하고 그들과 함께 살아갈 수 있는 방법을 탐구한다. 나는 미지가 주는 공포를 어떻게 다룰 수 있을지 「힐다」를 통해 배웠다.

「힐다」의 인물들은 다채로우며 납작하지 않다. 어떤 일을 하는 인물이든, 모두에게 이해할 수 있는 사정이 있으며 그 누구도 허투루 소모되지 않는다. 모든 인물들은 제각기의 이유로 사랑스럽다. 현실의 사람들이 그렇듯. 나는 당장 옆집에 힐다가 살 것만 같은 느낌을 받았다. 힐다 세상에서 시대에 걸맞게 여러 문화권의 사람들이 묘사되는 것은 그 장점을 극대화한다.

「힐다」는 아름다운 성장 이야기다. 힐다가 살아가는 세상은 모든 것이 꿈결처럼 자기 입맛에만 맞게 돌아가지 않는다. 힐다는 계속해서 새로운 과제에 직면한다. 힐다는 자연 속에 있던 통나무집을 떠나 트롤버그의 빌라로 들어가 살아야 하고, 친구와의 성격 차이로 커다란 갈등을 겪고, 자신을 보호하려 하는 엄마를 이해하지 못하고 크게 싸우기도 한다. 유별나게 고집 세지만 이입할 수밖에 없는 매력적인 인물인 힐다는 여러 사건 끝에 받아들일 수 없는 것을 받아들이고, 이전과 조금씩 다른 사람이 되어간다. 한 아이가 성숙한 인간으로 한 걸음 한 걸음 뚜벅뚜벅 걸어나가는 것을 볼 때 우리 가슴속에 사람들은 모두 나아질 수 있다는 아름다운 희망이 타오른다.

「힐다」는 인류 정신문명의 최종 진화물이다. 수천 년 동안 수많은 사람들이 인간은 대체 무엇으로 사는지 고민했던 결과「힐다」라는 순수한 빛을 낳은 것이다. 나는 이 시기에 아동이어서 「힐다」를 완벽히 누릴 수 있는 세대가 진심으로 부럽다. 내가 어릴 때「힐다」 같은 위대한 콘텐츠를 누릴 수 있었더라면 나는 더 나은 사람이 되었을 것 같다. 이 애니메이션이 줄 메시지와 롤모델을 생각만 해도 기쁘다.

「힐다」의 유일한 단점은 시즌 3이 여태껏 나오지 않았다는 것이다. 2018년 9월 시즌 1이 나왔고 2020년 12월 시즌 2가 나왔다. 이 글을 쓰는 2021년 1월 지금, 아직도 「힐다」 시즌 3이 세상에 존재하지 않는다는 것을 믿을 수가 없다. 며칠 전까지 시즌 2를 최대한 아껴 보았지만 도저히 참을 수 없었던 나는 하루에 일곱 개의 에피소드를 몰아 보는 끔찍한 낭비를 저지르고 말았다. 원작도 다 사서 봐버렸다. 이제 시즌 3만을 기다리며 구글에 'Hilda Gif, Kaisa(Hilda) Gif'를 검색하는 것만이 유일한 위안이다.°

「힐다」에는 이 세상에 잔존한 모든 선한 것이 있다. 21세기를 살아가는 당신에게 고하니, 우리는 「힐다」를 보아야 한다.

우리 「힐다」를 보자. 정주행하고 또 정주행하자. 그리고 밤늦게까지 힐다의 위대한 모험에 대한 이야기를 나누자. 함께 「힐다」 시즌 3을 기대하며 고통받자. 왜 현실에는 트롤버그가 없고 마법이 없으며, 왜 현실에는 힐다가 없는지 함께 슬퍼하자.

°

힐다의 성우는 벨라 램지다. 그는 2004년생으로 「왕좌의 게임」에서 열 살의 나이로 베어 섬의 군주가 된 리안나 모르몬트 역을 맡았다. 즉, 「힐다」를 스물다섯 번 정주행한 다음 시즌 3이 없다는 사실이 너무나도 괴롭다면 「왕좌의 게임」을 보면 된다. 그 성스러운 목소리라도 들을 수 있으니.

『반지의 제왕』에서 배운다: 수십 만의 유령 군대를 감화시킨 아라고른에게서 배우는 대인배 리더십

조선일보에 옛 과학기술부 장관이 올린 칼럼을 읽고 현기증을 느꼈다. 내 경우 과장법을 흔히 쓰는 편이지만, 이번에는 담담하고 건조한 진술만 이용하여 그 기고를 요약하겠다.

그는 코로나19에 대항하기 위해서 코로나 천적 바이러스를 개발할 것을 주장했다. 그러니까 코로나 바이러스를 천적으로 삼는 바이러스를 만들어서 그 바이러스를 세상에 살포하여 코로나19를 세상에서 궤멸할 수 있다는 것이다. 그는 그 두 바이러스 간에 소위 미생물 적벽대전을 일으키자고 말했다. 음이온과 원적외선을 '동남풍'처럼 이용해서 코로나 바이러스를 쫓아낼 수 있다고 말하면서.

우리 인류에게는 천적 바이러스 같은 것 말고, 오랜 역사 동안 그 효과가 검증된 공공보건의 방패가 있다. 그 방패는 미국에서 소아마비를 절멸시켰고 천연두를 실험실에서만 찾을 수 있도록 만들었다. 그 방패의 이름은 백신이다.

그래도 긍정적으로 생각하자. 이런 글을 올리는 사람이 과학기술부 장관이었는데도 한국의 과학 로드맵이 완전히 산산조각 나지 않은 것을 보면 우리나라가 생각보다 대단한 나라이기는 한 모양이다.

내가 정말로 의문을 품고 있는 것은 대체 왜 과학기술 의견을 제시하는 칼럼에 전혀 어울리지 않는 『삼국지』의 비유를 갖다 댔냐는 것이다. 코로나 바이러스를 계속 강해지는 조조 세력에 비유하는 미세한 지점부터, 이천 년 가까운 시간이 지난 옛 전쟁사를 굳이 현대 보건에 갖다대는 거시적인 지점까지 전부 다 이상하다.

성경의 수많은 구절들이 산산히 분해되어 수많은 설교자들이 자기가 하고 싶은 이야기를 늘어놓을 때 그 권위를 빌리는 것처럼, 『삼국지』도 온갖 분야에서 차용되어 쓰인다. 공공보건에 적벽대전을 가져오는 것은 그 수많은 잔가지들 중 하나에 불과하다. 인터넷 서점에서 『삼국지』를 검색해보자. 수백 명 넘는 작가가 자기 나름대로 풀어 쓴 『삼국지』의 숲을 헤치다 보면 온갖 교양서적들이 우릴 기다린다. 『삼국지』로 인사 경영 철학을 늘어놓는 책은 백 권도 넘게 출판된 듯 하고, 인생을 사는 법에 대해 가르쳐주겠다는 책도 있다. 현대 국제정치의 역학에 대해 설명하는 책에서도 『삼국지』가 뜬금없이 튀어나온다. 『삼국지』를 이용하여 프로이트의 리비도를 설명하고자 하는 마도서도 있고 골프와 『삼국지』를 관련시킨 책도 있다.

『삼국지』는 압도적으로 재미있는 이야기다. 수많은 영웅들이 웅거하고 교차하고 스러지는 장면들 속에서 우리는 어쩌면 단순한 재미를 넘어선 인생의 교훈을 얻을 수 있을지도 모른다. 그 시대를 살던 사람들이 우리와 어떤 본질적인 인간성을 공유할 수도 있을 테고. 하지만 그럼에도 『삼국지』는 우리와 완전히 다른 시공간을 공유하던 사람들의 이야기다. 그들은 천부인권과 국민주권의 원리 등등 우리의 자랑스러운 현대 세상을 구성하는 중요한 개념에 대해 일생 내내 전혀 생각하지 못한 사람들이다. 그런데 그 사람들에게서 리더십 따위의 덕목을 배우려고 하다니! 나는 고대인들의 리더십을 현대에 닮고자 하는 사람들과 함께 일하고 싶지 않다.

애국가를 완창하고 난 후에도 직접 가사를 창작해서 100절 넘게 부르고 있는 이런 현상은 『삼국지』가 인생의 진리를 담고 있기 때문이 아니라, 인간의 오타쿠적 습성 때문에 생기는 일이라고 생각한다. 『삼국지』, 얼마나 평생의 레퍼런스로 삼기 좋은 책인가. 자체적인 분량이 많아서 안 그래도 현실의 온갖 장면에 갖다댈 수 있는데, 등장인물도 한둘이 아니니 수많은 개인 서사를 무한히 파먹을 수 있다. 실제 역사에서 나온 이야기이니 확장성도 무궁무진하다.

나이가 들면 그만큼 두꺼운 대하소설을 다시 파고들기가 정말 어려운 것도 이유 중 하나다. 지금 우리 사회의 척추를 이루고 있는 나이대의 사람들은 어린 시절에 『삼국지』를 통독했으나, 이제 다시 그만한 볼륨의 이야기를 읽을 시간도 없고 체력도 없을 수 있다. 그러니 이야기에 『삼국지』를 끌어들이는 게 너무나 즐거운 것이다.

사실 그건 나도 100% 공감할 수 있다. 나도 이제 너무 커다란 이야기는 못 즐기겠으니까. 「닥터 후」 같이 오랫동안 켜켜이 쌓인 서사는 커다란 장벽이 쳐진 느낌이다. 대신 과거에 사랑하던 이야기들을 떠올릴 때 가슴이 벅차오르는 것을 느낀다. 10년 정도 더 지나면 나도 옛날에 읽은 것들만을 읊으며 그 렌즈로 세계를 바라보고 있을지도 모른다.

인간의 노화가 필연적이고 그 흐름을 피할 수 없다면, 나 또한 후기 자본주의 시대를 살고 있으니 한몫 챙겨볼 방법을 찾도록 하겠다. 예를 들면, '『피를 마시는 새』로 배우는 인사관리 철학: 원시제 그리미 마케로우에게서 배우는 1만 년의 대계'는 어떨까? 저작권 문제 때문에 힘들다고? 그럼 '『반지의 제왕』에서 배운다: 수십 만의 유령 군대를 감화시킨 아라고른에게서 배우는 대인배 리더십'은 괜찮은 생각 아닐까? 『반지의 제왕』은 2050년쯤에는 퍼블릭 도메인으로 풀릴 것이고, 내게 두둑한 노후 자금을 제공해줄 것이다. 나는 여기서 분명히 내 사업계획을 발표했으니 아무도 이 아이디어를 훔쳐가지 않기를 바란다.

야구라는
이름의 불구덩이

역병이 세계를 휩쓸고 있지만 올해도 야구는 개막했다. 진짜 안 보려고 다짐했는데 이번 시즌도 결국 꼬박꼬박 챙겨 보고 있다. 만약 내가 야구를 보지 않았다면 지금까지 장편을 다섯 권을 더 쓰고 남는 시간에 근육을 2킬로그램은 더 늘렸을 것이다. "야구 안 본다고 해서 그 시간에 생산적인 일을 했을 것 같아?" 하는 합당한 지적은 참아달라.

몇 년 전까지만 해도 야구에 별다른 관심이 없었다. 야구는 어떤 계기가 없다면 정말로 흥미를 가지기 힘든 스포츠라고 생각한다. 축구 같은 스포츠야 딱 봐도 대단히 직관적이다. 축구에서 가장 복잡한 규칙이라고 해봐야 오프사이드 정도 아닌가?

당연히 전술이나 전략 등을 말하자면 아주 깊게 파고들어야겠지만. 야구는 기본 규칙부터가 난해하다. 나는 야구를 처음 보았을 때 공을 받아치는 것과 점수가 대체 무슨 상관이 있는 건지 이해하기 힘들었다. 지금도 보크 같은 세부 규칙은 잘 모른다. 게다가 다른 대중적인 구기 스포츠들은 템포가 상당히 빠르고 동적이다. 하지만 야구는 실시간 게임이 아닌 턴제 게임이며, 정적이고 시간이 오래 걸린다.

4년 전에 반백수 생활을 꽤 길게 하지 않았다면 야구에 재미를 붙일 일도 없었을 거다. 맨날 집에 박혀 술이나 퍼마시고 살다 보니 뭐라도 볼 게 필요했고, 마침 야구 시즌 중이었다. 당시에 고향 팀인 NC 다이노스가 꽤 잘했다. 상징색인 인디고도 예뻐서 그 팀의 미적지근한 팬이 되기로 마음먹었다. 야구의 정적인 면이 흥미를 붙이는 데 도움이 되었다. 오래 하고 월요일 빼고 맨날 하니까 시간 죽이기에 딱이었다. 스스로 불구덩이에 짚을 이고 기어들어가고 있다는 걸 그때 깨달았어야 했는데.

지루하고 답답해 보이는 외견과 달리 야구는 상당히 중독성 있는 스포츠였다. 보기 시작한 지 몇 달도 되지 않아 그 작은 야구공 때문에 온갖 희로애락을 다 겪었다. 가장 커다란 매력은 이 게임의 본질에 깃들어 있는 짙은 불확실성이었다.

가장 훌륭한 타자도 타율이 40%를 넘는 건 불가능하고, 가장 사람을 가슴 아프게 하는 타자도 타율이 20% 밑으로 떨어지는 일은 드물다. 그 특성 때문에 야구는 리그에서 팀들의 승률이 다른 스포츠보다 덜 극단적으로 형성된다. 가장 잘하는 팀도 승률이 70%에 다가가는 일이 드물고, 가장 못하는 팀도 30% 초반에서 놀지는 않는다. 2020 시즌의 한국 프로야구 리그는 30%대 승률의 팀이 두 개나 있는 기묘한 상황에 놓여 있지만, 원래 한국 프로야구는 좀 비상식적인 면이 있다.

각 타석의 결과는 독립 시행이지만 상황에 따라 다르기 때문에 기이한 정서적 각성을 불러일으킨다. 1회초 2아웃, 베이스가 비어 있을 때 안타를 칠 확률과 9회말 2아웃 만루 상황에서 안타를 칠 확률은 다르지 않다. 하지만 똑같은 확률로 나온 두 안타에 대한 팬들의 열광은 극도로 다르다. 평소에 잘하던 선수가 어쩔 수 없이 확률에 굴복했는데도 천하의 대역적이 되어 하루 내내 질타를 받기도 하고, 기대를 받지 못하던 선수가 뜬금없는 홈런으로 불바다가 된 게임을 재생하여 며칠간 영웅이 되기도 한다.

경기의 느린 템포조차 소위 이 '쫄깃쫄깃함'을 강화하는 훌륭한 기제로 봉사했다. 30% 확률의 안타 하나로 순위 싸움이 뒤

바뀌는 상황에서 투수와 타자가 서로를 노려본다. 몇 초 동안 심장이 두근거리고, 마침내 공이 투수의 손을 떠날 때 나는 숨조차 멈추고 공의 향방을 주시한다.

잠깐, 이거 인간의 어떤 문제적 행동과 지나치게 비슷하지 않나? 예를 들면 슬롯머신 같은 것과? 슬롯머신의 레버를 당기고, 슬롯들이 착착착 돌아가는 꼴을 넋을 놓고 바라보는 사람들을 떠올려보자. 슬롯머신에 빠진 사람들은 슬롯머신이 확률 놀음이라는 것을 뻔히 알고 있지만, 왠지 다음에는 다를 것 같다는 기이한 확신에 사로잡힌다. 야구 관람도 별다를 것 없었다.

본디 인간의 뇌란 간헐적이고 비주기적으로 보상을 받을 때마다 다량의 도파민을 죽죽 뽑아내도록 설계되어 있고, 야구는 의도적이든 비의도적이든 그 약점을 파고들도록 설계되었다. 나는 순식간에 야구의 노예로 전락했다. 월요일은 한 주의 가장 괴로운 날이었지만, 야구를 하지 않는 날이라 더욱 고통스러웠다. 겨울과 봄에는 매일매일 가슴 한구석이 커다랗게 비어 있는 느낌을 받았다. 내가 토토 같은 데 전혀 관심이 없어서 그나마 다행인 걸까.

애초에 이 불구덩이에 발을 옮기지 말아야 했다. 아직도 나는 고향 팀 NC 다이노스의 미적지근한 (경기를 다 챙겨 보는) 팬이다.

이 원고를 쓰고 있는 지금도 내 오른쪽에 설치된 보조 모니터에서는 야구가 재생되고 있다. 아이고, 올해는 진짜 우승해야 하는데. 이 팀은 2013년에 1군에 올라온 이후 꽤 오랫동안 강팀으로 평가받고 있지만 우승 기록은 없고, 내 기대수명을 3년은 깎아놓았다.° 변호사 친구에게 혹시 이러다 내가 야구 때문에 빨리 죽으면 소송할 수 있냐고 물어보았는데 비싼 밥 먹고 헛소리 좀 그만하라는 핀잔을 들었다.

최근 초등 수학에서 '할푼리' 개념을 더 이상 가르치지 않는다는 말을 들었던 것 같기도 하다. 다행인 일이다. 할푼리는 이제 거의 야구에서만 쓰는 말이고, 굳이 우리의 미래를 떠받들 아이들을 타락시킬 필요는 없다. 야구 팬 문화는 폭력적이다. 프로야구 자체가 전두환의 3S 정책의 일환으로 만들어졌다는 원죄도 있지만, 그 확률성도 한몫 한다고 생각한다. 선수들은 실수 한 번 할 때마다 보통 사람들이 평생 들을 살벌한 인신 공격을 당한다. 참신하게 욕하는 것이 하나의 콘텐츠가 되기도 하고, 실수를 한 선수의 SNS는 불이 난다. 문재인 대통령이 말했듯 자기가 응원하는 야구팀이 우승한다고 자기 삶이 특출나게 나아지는 것도 아닌데 왜 그렇게까지 욕을 해야 하는지 정말 모르겠다. 나는 그게 전혀 건강하지 않은 폭력의 승화라고 생각한다.

내 기대수명을 깎는 야구에서 탈출할 기회가 한 번도 없었던 건 아니다. 2018년엔 팀이 완전한 파멸의 퍼즐을 맞춰 꼴등으로 곤두박질쳤다. 당시 NC의 경기력은 사람을 여러 면에서 괴롭게 만들었고, 40%의 승률을 마킹하고 꼴찌로 리그를 끝냈다.°° 그때는 간신히 정상궤도로 돌아온 내 정신 건강에 심대한 문제가 생길 것 같아 무지하게 욕을 하고 야구를 접었다. 2019년부터 다시 게임을 보고 있는데, 어쩌면 그건 구단에서 팬들을 현실로 돌려보내고자 했던 사려 깊은 행동이었는지도 모르겠다.

°
NC는 우승했다!!!!!!

°°
2020년에 30%대 승률의 팀이 두 개나 있는 것은 앞에서 말한 대로 정말 기이한 일이다. 게임의 확률적인 면모 때문에 리그를 평정한 팀도 승률 60%대에서 노는 게 일반적인 일이기 때문이다.

나는 현실을 메이플 스토리로 배웠다

지긋지긋한 방콕과 코로나의 시간을 보내는 도중, 친구가 메이플 스토리를 같이 하자고 했다. 그 이름을 듣자마자 15년 전으로 돌아가는 느낌을 받았다. 검색을 해보니까 넥슨의 메이플 스토리는 2003년 출시된 이후 2020년 현재까지 아주 잘 돌아가고 있었다. 나는 감회에 젖은 채 (가상의 공간에서) 말했다.

"와, 이거 옛날에 한 달 넘게 해서 50레벨 찍고 그랬지. 요즘은 어때?"

"무슨 소리야, 요새는 200레벨 찍는 것도 그렇게 어렵지 않아. 이벤트가 열리면 하루에 세 레벨씩도 올려줘."

"뭐?"

나는 (가상의 공간에서) 현기증을 느꼈다. 내가 기억하는 메이플 스토리는 그런 게임이 아니었기 때문이었다. 메이플 스토리는 내게 자본주의 사회를 살아가는 법을 고통으로 알려준 진정 위대한 게임이었다.

초등학생 때 아기자기한 2D 그래픽과 귀여운 캐릭터들을 보고 메이플 스토리를 시작했다. 하지만 실상은 아기자기함과는 거리가 멀었다. 사냥터에 자리를 잡고 똑같은 버튼을 계속 누르면 내 캐릭터가 버섯과 슬라임들을 으깨고 약탈했다. 이걸 몇 시간씩 반복하면 1레벨이 올랐다. 그러면 나는 아주 미세하게 강해졌다.

그 귀여운 살육의 현장은 초등학생이던 내 미래에 놓인 무한한 노동과 고통의 길을 적나라하게 은유했다. 게임은 내게 준엄한 예언을 던지고 있었던 것이다.

"너는 인간으로 태어났으니 평생 노동하고 그 바닷물보다 짠 소득으로 먹고살아야 하리라."

하긴 당시에도 사람들은 이런 반복 작업을 노가다라고 불렀다.

전투에서 공격 기술을 사용하려면 에너지가 필요했다. 에너지가 자연적으로 차오르는 속도는 극도로 느렸고, 물약을 마셔서 회복하거나 아니면 안전한 사다리에 매달려서 기다려야 했다. 그런데 물약을 소모하면서 전투를 하면 필연적으로 적자가 발생했다. 괴물이 떨어뜨리는 돈을 아무리 모아도 물약이 더 비싸니까. 물약을 마시면서 풍요롭게 싸우려면 미리 키워둔 캐릭터를 이미 가지고 있거나 다른 사람의 도움을 받거나 현금을 써야 했다.

물론 나는 셋 다 없었다. 내 생산수단은 내 캐릭터뿐이었고, 성장의 고통을 온몸으로 견뎌야 했다. 사다리에 매달려 있던 시간이 전투를 진행한 시간과 맞먹을 것이다. 나는 메이플 스토리라는 후기 자본주의 사회에서 그 생산수단이 자기 몸밖에 없는 프롤레타리아였다. 미리 키워둔 캐릭터에게서 상속을 받거나 네트워크를 이용해 다른 사람들의 도움을 받거나 현금이라는 또 다른 생산수단을 가지고 있지 않은 이상 고통을 피할 수는 없었다. 현실 세상처럼.

나는 그렇다면 대체 왜 그 인고의 세월을 보냈는가? 꿋꿋이 버티고 레벨을 올리다 보면 더 강력한 괴물들이 출현하는 사냥터에서 더 강력하고 화려한 스킬을 사용하면서 적자를 낼 수 있었기 때문이었다. 레벨이 낮은 내가 괴물을 고작 두 번 베는 동안 나보다 레벨이 높은 사람들은 '새비지 블로우'라는 능력으로 적을 한 번에 일곱 번씩 벴다. 내 눈에 그만큼 화려한 능력은 없었고 나는 어금니를 꽉 깨물고 노역에 몰두했다.

이것은 메이플 스토리가 그나마 관대한 세상이라는 것을 드러낸다. 현실에서는 반복적인 수행이 반드시 더 나은 성과를 보장하지 않는다. 내가 아무리 일해도(사냥해도) 운이 없다면 더 좋은 조건(더 높은 레벨)도 따라오지 않는 법이다. 하지만 이는 그 위대한 게임이 더 커다란 교훈을 가르쳐 주기 위하여 미리 던져준 달달한 떡밥에 지나지 않았다.

고통과 고뇌의 세월 끝에 나는 새비지 블로우를 배웠다. 그런데 내가 새비지 블로우를 쓰니까 두 번밖에 안 벨뿐더러, 한자도 꼴랑 두 개밖에 안 떴다. 진실은 가혹했다. 20레벨은 더 올려야 한다는 것이었다. 어린 나는 2002 월드컵에서 우리나라가 결승전에 진출하지 못한 때만큼 깊이 좌절했다.

그때 게임 내에서 친해진 사람이 다가와서 속삭였다. 돈을 몇 배로 불릴 수 있는 버그가 있다는 것이다. 혹한 나는 내 계정의 비밀번호를 알려주었다. 며칠 뒤, 몇 달 동안 키웠고, 큰맘 먹고 문화상품권을 써서 꾸며준 캐릭터는 헐벗은 빈털터리가 되어 있었다.

그걸 보고 내 마음속에서 무언가 끊겼다. 나는 게임을 삭제했다. 그 이후 나는 내게 먼저 다가오는 모든 호의적인 손길에 대하여 강력한 의심부터 품고 보는 사람이 되었다.

내 근처의 친구들도 다들 제각기 기상천외한 사기나 해킹을 당하고 냉혹한 복수자의 길을 걸었다. 시스템의 허점을 이용하여 돈을 털리거나, 아니면 멋모르고 멀웨어를 설치하여 계정을 통째로 탈취당하거나, 그도 아니면 대단히 값비싼 아이템을 완전히 후려치기를 당해 시세보다 훨씬 싼 가격에 판매한 것이다. 만약 우리가 나중에 사기를 당하지 않는다면, 그것은 전부 메이플 스토리에서 크게 당하고 마음에 결코 낫지 않을 상처를 입었기 때문일 것이다.

생각해보면 당시 MMORPG 장르의 온라인게임들은 죄다 그토록 현실적이었다. 별로 좋은 뜻은 아니다. 당시의 게임들은 불편했고, 보상이 즉각적이지 않고 지연됐으며 플레이는 반복적이고 고통스러운 데다, 유저들의 계정은 온갖 위험에 고스란히 노출되어 있었다. 현실의 고통을 피하러 온라인게임에 접속해서 또 다른 고통을 받는 격이었다. 아직 게임 시장이 성숙하지도 않았거니와, 동시에 경쟁자도 그리 많지 않았기 때문이지 않을까. 현대의 온라인게임들을 보라. 시작만 하면 전설 아이템을 주니 만렙 캐릭터를 주니 하면서 온갖 것을 다 퍼주지 않나.

옛 방식이 나쁘다고만은 말하지 않겠다. 그 고통 덕분에 나는 내가 키운 캐릭터를 진심으로 아끼고 사랑했다. 내 캐릭터는 서버 컴퓨터 메모리 어딘가에 저장된 몇 바이트의 데이터에 불과한 존재이지만, 그 데이터에는 내가 보낸 그 고통스러운 기억과 시간이 고스란히 농축되었으니까. 비록 한자 두 개만 뜨던 새비지 블로우는 나를 슬프게 했지만, 처음 그 스킬을 배웠을 때는 대단히 신났다. 괴롭게 키우지 않았으면 그만큼 즐겁지 않았을 것이다.

어쩌면 그것이야말로 메이플 스토리가 내게 남긴 교훈 중 가장 찬란하고 희망적인 교훈 아닐까 한다. 고통 끝에 이룬 성취는 아무리 앙증맞더라도 나 자신에게는 더할 나위 없이 소중하다는 것, 그리고 과정의 고통은 결과의 행복을 증폭한다는 것 말이다.°

°
이 글을 쓰고 몇 개월이 지난 뒤, 메이플 스토리는 불바다가 됐다. 아이템 뽑기의 확률에 매우 섬세하고 미묘한 조정이 가해진 게 문제였다. 이 성스러운 게임은 도박을 할 땐 그 누구도 믿지 말라는 교훈조차 준 것이다.

게임 발표회의 몽환

유머 감각이 뒤틀려 있는 친구가 신작 게임 발표회의 유튜브 생중계 링크를 보내줬다. 확인해보니 일본어였다. 일본어로 1, 2, 3도 세지 못하는 나한테 웬 일본 게임 발표회야? 친구가 말하기를, "나도 일본어를 못하고 이 게임은 일곱 번 정도 환생하기 전에는 결코 플레이할 계획이 없지만 이 발표회는 그냥 보고만 있어도 재미있다"는 것이다. 이전에도 미국 회사들의 신작 게임 발표회는 몇 번 본 적이 있었다. 개발자들이 나와서 게임의 트레일러를 보여주고, 가능하면 플레이 영상도 보여준다. 코스튬 플레이 등의 행사도 추가로 진행하곤 한다. 나는 일본의 발표회도 별다를 바 없을 거라고 믿었다. 별로 재미가 있을 것 같진 않은데.

마침 소설을 쓰고 있었다. 가능한 모든 딴짓을 실행할 수 있는 상태였다는 말이다. 나는 옆에 있는 보조 모니터에 유튜브를 띄웠다. 게임은 썩 훌륭하게 보이지는 않는 캐릭터 중심의 일본산 RPG였지만, 곧바로 나는 친구가 왜 재미있다고 말했는지 깨달았다. 성적 물화의 수준이 심각을 넘어 기괴의 경지에 도달했기 때문이었다. 뭐랄까, 일부러 현 게임 산업의 세태를 비판하기 위해 만들어진 풍자 예술품이라고 느껴질 정도였다.

주인공은 여성 캐릭터인데, 도끼로 바위를 박살내고 온갖 괴물들과 싸우는 전사다. 그런데 달릴 때 팔을 몸에 딱 붙이고 전완만 앞뒤로 흔드는 '애교 달리기' 자세로 달렸다. 미디어 밖의 현실에서 그런 자세로 뛰는 사람을 나는 단 한 번도 본 적이 없다. 물론 세상은 넓고, 어딘가엔 그렇게 달리는 사람이 있겠지. 하지만 온갖 위험이 득시글거리는 세상에서 전사가 택할 만한 달리기 자세가 아니라는 사실에는 모두가 동의할 것이다. 달리는 모션과 서 있는 모션 사이에 완충할 만한 모션이 없는 탓에 캐릭터의 행동 하나하나가 안 그래도 어색하게 느껴지는데, 그런 식으로 달리고 있는 걸 보고 있자니 ….

디렉터는 자랑스럽게 물속으로 잠수하는 캐릭터를 보여주었다. 잠수한 캐릭터는 수중 잠수라기보다는 우주 유영에 가까운 모습으로 돌아다녔는데, 충격적이게도 수중 잠수 시에 맵이 전환되면서 잠시 로딩이 진행되었다. 현대의 PC와 플레이스테이션 4에서 돌아가는 게임인데도 말이다. 수십 년 전의 슈퍼컴퓨터에 버금가는 성능을 가진 컴퓨터로 플레이하는 게임에서 잠수 장면을 구현하기 위해 로딩을 하다니! 그 충격에서 헤어나오지 못해 정신이 어질거리는 상황에서 디렉터는 자랑스럽게 새로운 콘텐츠를 제시했다. 잠수를 끝내면 캐릭터의 옷이 젖었다. 물이 뚝뚝 떨어지는 캐릭터를 이런저런 각도로 카메라를 돌리면서 비추는 그 광경은 그로테스크하다는 말로도 충분히 표현하기 힘들었다.

이미 내 신피질은 너덜거리고 있었지만 발표자들은 쉬지 않았다. 그들은 RPG의 백미인 전투 장면을 시연하기 시작했다. 플레이어가 적을 선택하면, 캐릭터가 그걸 공격하는 도식의 일반적인 턴제 전투였다. 그런데 캐릭터가 공격을 받을 때 피격 모션이 최소한도 없어서, 극도로 담담하게 공격을 받아내는 것처럼 느껴졌다. 어쩌면 그것이 캐릭터의 강함을 드러내는 방식이었을까? 그런데 다음 장면은 더 가관이었다. 플레이어의 공격 차례가 오자 게임의 카메라가 비춰야 하는 것과 비추고자 하는 것 사이에서 제 갈 길을 못 찾고 방황했다. 공격당하는 적의 모습은 조금도 보이지 않았고, 카메라는 계속 플레이어 캐릭터의 둔부를 비췄다.°

10분이 넘는 게임 플레이 시연이 끝났는데도 아직 20분 정도의 발표 시간이 남아 있었다. 도대체 무얼 보여주려는 건가? 그들은 캐릭터의 코스튬 플레이 방식을 가이드하고 추워 보일 정도로 헐벗은 캐릭터의 일러스트를 자랑하기 시작했다. 물론 코스튬 플레이는 게임을 즐기는 어떤 방식 중 하나다. 하지만 보통은 그 가이드에 플레이 시연보다 더 많은 시간을 할당하지 않는다. 하긴, 보통은 3D 캐릭터의 몸매를 보고 싶다는 이유 하나 때문에 7만 원이 넘는 돈을 주고 게임을 구매하지도 않는다.

이제 더 이상 견딜 수 없어진 나는 그 몽환적이기 그지없는 게임 발표회를 껐다. 그야말로 우리의 작고 연약한 세상에 드러난, 불가해한 공포의 존재가 도사리는 심연의 밑바닥을 본 것과 다름없는 경험이었다. 뒤틀린 유머 감각을 보유한 친구는 그걸 끝까지 재미있게 본 다음 말했다.

"저 개발자 아저씨는 자기 이름으로 총괄한 게임이 저렇게 영혼의 뿌리 끝까지 타락하는 것을 보면서 무슨 생각을 할까?"

나도 모르겠다.

추가로 그는 알고 싶지 않은 세상의 검은 진실을 또 알려주었다. 이 게임은 12세 이상의 사용자를 위한 게임이었다. 또 플레이스테이션 트레일러 광고에서는 소니가 흙먼지를 이용해 지나친 노출을 일부 가렸는데, 많은 유저들이 그 검열이 '정치적 올바름에 매몰됐다'고 음해했다. 글쎄, 정치적 올바름까지 갈 것도 없을 것 같다. 그것은 인간 문명의 최소 수준을 유지하기 위한 소니의 숭고한 발버둥이었다.

°

평론가들의 게임 평가 자체는 나쁘지 않았다. 그냥도 게임을 재밌게 만들 수 있는데, 성적 물화에 그토록 집중하는 것이 나를 더욱 불경처럼 서럽게 만든다.

이제 떠나간 게임 매뉴얼들에게

요즘 게임 유통 플랫폼의 기술력은 그야말로 놀랍다. 일단 구매부터 지독하게 편리하다. 게임을 다운로드 받는 동시에 설치가 진행되고, 심지어 설치하는 도중에 게임 플레이가 되는 경우도 있다. 설치 과정은 지나치게 부드러워서 내가 게임을 설치 중이라는 사실 자체를 까먹기도 한다. 이전에 매장을 찾아가서 게임 CD를 소중히 품고 와 집에서 CD를 순서대로 넣으며 설치하던 때랑은 그야말로 차원이 다르다. 내 스팀 계정에는 백 개 넘는 게임이 나를 기다리고 있다.

다른 이야기를 해보자. 모두 변기에 앉아 책을 읽은 경험이 있을 것이라고 난 확신한다. 화장실은 놀라울 정도로 뭔가 읽기에 최적화된 공간이다. 그 조명, 온도, 습도… 꼭 책에 국한하지 않아도, 변기 위만큼 텍스트에 집중하기 좋은 곳은 세상에 없는 듯하다. 나는 샴푸 통에 적힌 성분을 읽었고, 아버지의 해몽 사전을 훑었고, 『좋은 생각』 잡지를 통독했고, 이제는 스마트폰으로 트위터 타임라인을 확인한다. 아, 물론 그중에 제일 중요한 건 게임 공식 매뉴얼이었다.

공식 매뉴얼이라고? 이 이야기를 하려면 패키지에 대한 이야기부터 해야 한다. 내가 어릴 때는 지금처럼 게임을 서버에서 직접 다운로드 받는 게 일반적이지 않았다. 대신 나는 게임 패키지를 직접 구매했다. 멋진 콘셉트 아트가 그려진 게임 패키지를 열면 안에 CD가 두세 장 들어 있었다. 그런데 그 패키지는 적어도 가로로 15센티미터는 되었다. 그 안에 CD만 달랑 들어 있다면 뭔가 구색이 안 맞지 않나. 그래서 게임사들은 나름대로 매뉴얼 책자를 만들어 넣었다. 이 매뉴얼에는 게임 공략만 적혀 있는 것이 아니라, 게임을 구성하는 세계에 대한 설정이 적혀 있었다! 게임을 설치하면서 나는 그 설정을 꼭 읽었다.

그중 스타크래프트의 매뉴얼은 그 자체로 위대한 하나의 SF 서사시였다. 나는 그것을 화장실에서 백 번은 더 읽었다. 500년 뒤의 지구에서 은하계의 다른 구석으로 추방당한 지구인과 고대의 신비한 종족 프로토스, 그리고 포악한 외계 생물병기 저그의 이야기를 찬찬히 읽고 있자면, 내 정신은 더 이상 한반도 귀퉁이의 가난한 항구도시에 있지 않았다. 내 정신은 어둠을 가로질러 가장 멀리 떨어진 행성을 찾아갔다. 음향성의 탄생을 지켜봤고 현존하는 모든 것들의 무질서를 목격했다.°

스타크래프트는 한국에서 민속놀이로 불릴 만큼 많은 사람들이 즐긴 게임이고, 사람들은 이 게임으로 아직 모호하던 이스포츠 문화를 만들어냈다. 지금도 꽤 많은 사람들에게 경기 방송을 즐기던 기억이 있을 것이다. 아직도 좋아하는 사람이 있을 테고. 하지만 내게 스타크래프트는 게임이라기보단 우리 은하계의 어딘가에서 실제로 벌어지는, 위대한 영웅들의 빛나는 서사로 각인되었다.

내가 SF 작가가 된 데에는 분명히 스타크래프트의 커다란 영향이 있을 것이다. 나는 그 게임을 아꼈다. 아직도 그 게임의 이야기와 인물들의 행적을 줄줄 꿸 수 있다. 여전히 그 인물들 몇몇의 이름을 들으면 가슴이 벅차오른다.

안타깝게도 이제 그런 책자들은 찾아보기 힘들다. 기술 발달로 다운로드가 일상화된 시기에, 게임 패키지가 예전과 달리 그렇게 중요하게 여겨지지 않는다. 게임사도 책자에 힘을 쏟는 것이 그렇게 수지타산이 맞는 장사라고 생각하는 것 같지가 않다. 하긴 대다수의 플레이어들도 게임 세계가 게임 내에서 온전히 묘사되는 것을 좋아하지, 책에 굳이 따로 설명되어 있는 것은 사족이라고 생각하는 것 같기도 하다. 책자에 게임 세계를 설명하는 것은 기술력 부족으로 게임 내부에 모든 것을 표현할 수 없던 시기에 짜낸 일종의 고육지책이었을 수도 있다. 매뉴얼은 발전 속에서 도태되지 않았을까?

하지만 나는 안다. 만약 화장실에서 매뉴얼을 줄줄 돌려 읽지 않았더라면 나는 스타크래프트를 그토록 사랑할 수는 없었을 것이다. 애초에 그 게임은 전략 시뮬레이션 장르였고, 내 취향이랑 거리가 있는 게임이었다. 하지만 매뉴얼을 통해 나는 준비를 할 수 있었다. 그것은 게임 세계에 뛰어들기 전에 치르는 거룩하고 숭고한 의식이었으며, 정신의 스트레칭이었다. 게임 세계에 처음 뛰어들어 혼란스러운 규칙을 마주할 때, 내가 조작하는 인물들의 뒷이야기를 생각하면 복잡한 규칙을 배우는 것 정도야 인내할 수 있었다.

내 스팀 계정에 있는 백 개 넘는 게임 중에, 설치하고 실행이라도 해본 것은 50개도 채 되지 않는다. 그중 태반을 두 시간도 제대로 플레이해보지 못했다. 끝까지 재미나게 즐긴 것은 손에 꼽는다. 나는 플레이될 기회를 얻지 못했고 앞으로도 얻지 못할 게임들을 볼 때마다 참 아쉽다. 내가 그 게임의 이야기를 조금만 알고 있었다면, 딸려오는 책자가 있었다면 나는 그것들을 다 한 번쯤 읽어보았을 것이다. 그중에 나를 사로잡는 것도 분명히 있었을 테지. 오, 나는 이제 떠나간 그 책자들이 그립다. 그것을 화장실에서 줄줄 읽던 그 순간이 정말로 그립다.

°

스타크래프트의 인물 제라툴의 대사를 인용했다. 12세의 심너울은 이 대사를 처음 읽었을 때 전두엽에 번개가 치는 듯한 강렬한 충격을 느꼈다. 그때는 이게 셰익스피어가 썼을 법한 위대한 대사라고 생각했고, 지금도 상당히 멋있다고 생각한다.

에필로그

내 정신에 입주한 수많은 감정들 중 가장 강렬한 것은 더 잘할 수 있었다는 후회, 부족함에 대한 수치심, 거절당하는 것에 대한 두려움이다. 글을 한 편 한 편 쓸 때마다 그 부정적인 감정은 치석처럼 내 마음에 더 단단히 엉겨 붙는다. 글을 쓰는 일은 해도 해도 숙련이 되는 것 같지가 않다. 무엇이 좋은 글인지, 어떻게 해야 좋은 글을 쓸 수 있을지 어렴풋이 알 것 같기도 한데, 그래서 손을 앞으로 내뻗기만 하면 재미와 아름다움을 마침내 쥘 수 있을 것 같은데, 막상 천천히 앞으로 걸어나가면 그 모든 환상이 신기루처럼 흩어져버린다. 신기루의 파편들이 쏟아질 때 내 손에 남은 것은 차마 사랑할 수 없는, 더 잘할 수 있었으리라는 후회로 가득한 나의 작업들뿐.

내가 가장 좋아하는 에세이는 움베르토 에코의 『세상의 바보

들에게 웃으면서 화내는 방법』이었다. 고1 때 야자를 하면서 그의 에세이를 읽고 또 읽었던 기억이 선명하다. 나도 이렇게 재치 있는 글을 쓰고 싶다고 생각했다. 나도 이렇게 딱히 과시하지 않아도 어쩔 수 없는 지성이 풀풀 풍기는 인간이 되고 싶다고 생각했다. 에코는 역사적인 천재이고, 내가 불가능한 꿈을 가졌다는 것을 이제 알긴 알겠다.

다시 한번 말하지만 에세이를 쓰는 것은 소설을 쓰는 것보다 훨씬 더 큰 부담이었다. 신문에 칼럼을 쓰기 시작하면서 그 부담을 또렷이 인식할 수 있게 되었다. 내 이름을 걸고, 사람들에게 내 이야기와 내 생각을 전하는 것은 위험했다. 잘 쓴다고 현자 취급을 받는 건 아닌데 못 쓰면 확실하게 욕을 들어먹을 수 있었다. 에세이도 칼럼보다 분량이 좀 더 자유로울 뿐 매한가지 아니겠나. 나는 이 글을 쓰는 도중에도 어떤 실수를 했을지 몰라 덜덜 떨고 있다. 인도네시아로 도망치는 꿈, 마감을 주구장창 미루는 꿈, 내 책이 진열된 서점에 불을 지르는 꿈을 꿨다.

그 수치심과 공포는 다행히 내가 계약을 어기지 않게 하는 동기가 되어주기도 했다. 나는 여러 출판사의 직원들과 이야기를 나눴고, 책을 만드는 과정을 견학했고, 그 과정에서 책이라는 하나의 상품이 만들어지는 데 작가의 노력만이 오롯이 절대적인 비중을 차지하지 않는다는 것을 깨달았다. 내가 계약을 어기면 책의 제작에 관련된 모든 사람들의 삶이 팍팍해진다는 것을 알았다. 다른 사람들의 고달픔의 원인이 되는 것을 생각만 해도 수치스럽고 무서웠다.

어쨌든 그것은 나의 정신적인 고통을 피하고자 하는 좀 이기적인 이유였지만, 그 덕에 원고를 다 하긴 했다. 공포의 터널을 지나 12만 자를 다 쓰고 보니까 뿌듯한 마음도 들고 하는 것이, 참 인간 정신이 간사하다는 생각도 들고. 그럼에도 이 원고가 빛을 받으리라는 생각을 하면 여전히 등에 식은땀이 흐른다.

내가 바라는 것은 하나뿐이다. 어차피 결코 완벽한 사람이 될 수 없다는 걸 안다. 이 원고에도 나의 핍진한 정신에서 비롯된 오류가 많을 것이고, 앞으로도 많은 실수를 저지르겠지. 하지만 찔끔거리더라도 나아지는 사람이 되고 싶다. 이전보다는 덜 얄팍한 인간이 되고 싶다. 사람이 미약하게라도 변화할 수 있다는 증거가 되고 싶다. 그리하여 조금이라도 후회와 수치와 공포에서 벗어날 수 있기를 바란다.

이 원고들이 그 시발탄이 될 수 있다면 좋겠다.

에세이에 선뜻 자기 이름을 내준 소중한 사람들에게 감사한다. 글 막힘 때문에 고통받고 있을 때 나한테 잠시라도 이세계의 용사가 된 느낌을 줬던 나의 사랑하는 캐릭터 짭짤(아즈샤라 호드, 복원 주술사)과 꿋꿋(아즈샤라 호드, 보호 성기사)에게도 감사를 표한다.

그리고 가장 중요한 것. 이 책의 제작에 참여하신 모든 분들께 감사드린다.° 책의 영혼을 조각하는 편집자와 디자이너분들에서 시작해, 책의 신체를 빚는 제본소의 노동자들께! 그리고 멋진 일러스트를 그려주신 천재 만화가 뺑 님께! 나는 한때 원고만 쓰면 책은 일주일 만에 뚝딱 나오는 줄 알았다. 나는 그토록 얼간이었다. 책에 들어가는 노동 중 작가의 노동은 일부에 지나지 않는다는 것을 전혀 모르고 있었던 것이다.

°

비밀요원 프로젝트에 참여해주신 우리 요원분들께도 정말 감사드립니다. 요원님들의 리뷰가 제게 큰 힘이 되었고, 앞으로 괴로울 때마다 펼쳐보며 마음을 다지려고 합니다. 언제나 행복하시기를.

추천의 말

세상이 어떻게 바뀌는지, 요즘 세상은 어떤지, 그런 이야기들을 잘 알고 있어서 그 사람 이야기를 들으면 정신이 신선해지는 것 같은 느낌을 주는 사람, 있지 않은가? 어린 시절, 가끔 집에 올 때마다 뭔가 굉장히 멋지고 새로운 것을 알려주던 대학생 삼촌이라든가, 오래간만에 만나 맥주 한잔을 하면서 요즘 무엇에 관심을 갖고 있는지 이야기하는 것을 들어보면 꼭 그게 다음 주, 다음 달 정도면 여기저기서 유행하더라 하는 친구라든가. 나에게 심너울 작가의 글을 읽는 것은 그런 사람의 이야기를 듣는 기회였다. 직장 생활에, 다른 일거리에, 매일이 정신없이 지나가고 하루하루 당장 해결해야 하는 일거리에 시달리느라 세상이 어찌 돌아가는지 뭐가 뭔지 모르는 것 같을 때, 심너울 작가의 글을 읽으면 세상이 이렇게 가고 있고, 사람들이 이렇게 사는구나 하는 것을 알게 되는 것 같았다. 예를 들어 이 책에 실린 요즘 SNS 광고에 대한 글은, SNS 온라인 광고에 대해 내가 읽은 모든 글 중에서 비할 바 없이 가장 재미있게 읽은 최고의 글이었다.

그런데 이런 정도의 설명으로는 부족하다. 심너울 작가의 에세이는 그냥 그런 요즘 세태를 들려주는 이야기를 훌쩍 뛰어넘는 괴상한 감동이 있다. 있는 정도가 아니라 감동이 강하다. 최신유행을 담고 있는 글인 것 같으면서도, 정작 그 이야기를 해주는 목소리는 꾸밈이 많은 것이 아니라 진실되고 가깝게 들린다는 점 때문인 것 같기도 하고, 한편으로는 삶의 곡절 속에서 후회하고 좌절한 이야기를 고백하는 사연과 사회상이 잘 엮여 있는 모양이 사람 마음에 더 깊이 들어오기 때문인 것 같기도 하다. 요즘 세상 이야기라고 했는데, 막상 책을 읽어보면 그냥 멀게 보이는 사람이 멋있는 척하는 이야기가 아니라, 나와 이 세상을 바로 지금 같이 살고 있는 동료의 이야기였다.

세상에서 가장 신선하고 멋진 생각을 떠올리는 사람이 있는데, 그 사람이 멀리 높은 무대 위에서 빛나는 조명을 받으면서 마이크를 잡고 연설하고 있는 것이 아니라, 내 옆에서 계속해서 발걸음을 맞추어 같이 걸어가주고 있다고 상상해보자. 그런 이야기를 해줄 수 있는 사람이 심너울 작가다. 내용을 그냥 단숨에 다 읽어버리는 것이 너무 쉬울 만큼 재미난 책이었는데 그렇게 빨리 읽어버리면 더 이상 읽을 글이 남지 않는 것이 아쉬워서, 더 읽고 싶은 마음을 참고 참으며 일부러 천천히 아껴가며 읽은 책이었다.

곽재식

(『괴물, 조선의 또 다른 풍경』 작가)

본인은 절대 저렇게 추하게 늙지 않겠다는 말을 표제작으로 내건 작가의 에세이가 무척 궁금했다. 물론 그 소설이 함의하고 있는 것은 역설적이지만, 어쨌거나 표지만으로 이른바 광역 저격을 해버린 작가가 쓴 에세이라니! 『오늘은 또 무슨 헛소리를 써볼까』는 그런 독자의 기대감을 충족시켜주는, 말 그대로 원고에 한 줄을 적기 위해 자신의 심연을 파헤치는 작가의 고군분투기가 들어있다. 자신을 객관적으로 바라보려고 노력하는 작가의 시선에서 얻는 공감과 위로, 그리고 '이렇게까지 이 작가에 대해 알아도 되나?' 싶은 유쾌함까지 깃든 책이다. 심너울 작가의 소설을 사랑했다면, 그리고 작가가 쓴 문장이 통쾌하고 즐거웠다면 작가의 에세이도 재미있게 읽을 수 있으리라. 무엇보다 심너울 작가를 잘 알고 싶은 독자라면 꼭 이 책을 읽어보기를 바란다.

천선란

(『천 개의 파랑』 작가)

휴고상에 노미네이트 되지 않은 작가 중 가장 휴고상 수상에 근접한 작가. 아시모프-클라크-하인라인의 뒤를 이어 세계 3대 SF 거장으로 손꼽힐 21세기의 그랜드마스터…가 될지 안 될지 아직은 모르는 SF계의 초신성. 내가 만나본 사람 중 가장 천재적이고 독창적인 인물이 그 혼란하고 사랑스러운 내면을 모조리 꺼내놓았다. 당황스러울 정도로. 이 책을 읽고 나면 심너울의 블랙코미디가 왜 특별한지 그 이유를 이해하게 되리라. 어디까지가 블랙이고 어디까지가 코미디인지는 여전히 불분명하지만.

그렇다. 이다지도 빛나는 재능을 품은 존재조차도 고독과 불안을 움켜쥐며 똑같은 하루하루를 살아내고 있는 것이다. 우리 모두의 삶과 마찬가지로.

이경희

(『그날, 그곳에서』 작가)

비밀요원 명단

고하림♥공지선♥김다운♥김대규♥김령윤♥김미나♥김민애
김민영♥김민정♥김민홍♥김성은♥김소현♥김소희♥김솔림
김예진♥김윤희♥김은숙♥김재희♥김지현♥김지희♥김채람
김채영♥김현수♥김현우♥김희정♥노주비♥모윤지♥박가현
박경린♥박소희♥박연지♥박재진♥박정란♥박주희♥박준오
박한나♥박효명♥방선희♥배미란♥배병일♥백기명♥변예림
서루미♥서윤정♥서혜민♥송세희♥시선진♥안정진♥양혁준
양혜린♥오서영(A)♥오서영(B)♥유소정♥윤량의♥이수영
이수정♥이슬비♥이승연♥이승엽♥이아름♥이아림♥이예림
이예은♥이은심♥이자영♥이하진♥이한나♥이화♥장세희
장준형♥정빈♥정숙영♥정승상♥정영숙♥정준영♥정지수
정지연♥조려진♥조영아♥조은진♥조혜진♥차혜경♥천민희
최민선♥최상희♥최송화♥최은정♥최진희♥태선영♥함소영
허수영♥홍석현♥홍수옥♥황가현

비밀기지 목록

다시서점
서울시 강서구 방화대로33길 13 1층

북스피리언스
서울시 마포구 연남로11길 34 B1

너의 작업실
경기도 고양시 일산동구 일산로380번길 43-11

이랑
경기도 고양시 일산서구 일현로 122 상가 1층 122호

책방모도
인천시 동구 화수로47번길 14

책방마실
강원도 춘천시 전원길 27-1

버찌책방
대전시 유성구 지족로349번길 48-7

책방토닥토닥
전라북도 전주시 완산구 풍남문2길 53 2층 청년몰

책방이층
대구시 중구 달구벌대로393길 48

나락서점
부산시 남구 전포대로110번길 8 B1

새활용기지 큐클리프
서울시 성동구 자동차시장길 49 서울새활용플라자 405, 406

오늘은 또 무슨 헛소리를 써볼까

초판 1쇄 인쇄 2021년 5월 27일 **초판 1쇄 발행** 2021년 6월 3일

지은이 심너울
펴낸이 이승현

스토리 독자 팀장 김소연
책임편집 김해지
공동편집 곽선희 김소연 이은정 최지인
디자인 정인호

펴낸곳 ㈜위즈덤하우스 **출판등록** 2000년 5월 23일 제13-1071호
주소 경기도 고양시 일산동구 정발산로 43-20 센트럴프라자 6층
전화 031)936-4000 **팩스** 031)903-3893
홈페이지 www.wisdomhouse.co.kr

ISBN 979-11-91583-68-7 03810